当代外国
语言文学研究
前沿文库

FOREIGN
LANGUAGES
STUDIES

澳大利亚原住民小说与非原住民小说的历史批判研究

Indigenous and Nonindigenous Australian Novels:
A Critical Historical Perspective

本书受到北京市支持『双一流』高校建设项目资助，经费代码为ZF20281806

邢春丽◎著

上海交通大学
出版社
SHANGHAI JIAO TONG UNIVERSITY PRESS

内容提要

  本书对比解析六部具有代表性的澳大利亚小说(三部非原住民小说《树叶裙》《忆巴比伦》《神秘的河流》,三部原住民小说《潘埚嵬》《心中的明天》《卡奔塔利亚湾》),并运用批判性白人研究(Critical Whiteness Studies)理论揭示小说文本中官方历史叙事和原住民口述历史之间的张力,探讨澳大利亚身份政治问题及左翼史学家的主张对六位作家创作过程及写作风格产生的影响。本书作者认为,六部小说通过复调式历史叙述,在白人主体和原住民主体之间构建起主体间性空间,对增强澳大利亚民族-国家身份认同和彰显澳大利亚文学的地方特色具有重要的意义。本书适合从事澳大利亚文学及文化研究的广大师生及其他相关研究人员阅读参考。

图书在版编目(CIP)数据

澳大利亚原住民小说与非原住民小说的历史批评研究/邢春丽著.—上海:上海交通大学出版社,2020
ISBN 978 - 7 - 313 - 22301 - 2

Ⅰ.①澳…　Ⅱ.①邢…　Ⅲ.①小说评论—澳大利亚
Ⅳ.①I611.074

中国版本图书馆 CIP 数据核字(2019)第 265194 号

澳大利亚原住民小说与非原住民小说的历史批评研究
AODALIYA YUANZHUMIN XIAOSHUO YU FEIYUANZHUMIN XIAOSHUO DE LISHI PIPING YANJIU

著　　者:	邢春丽		
出版发行:	上海交通大学出版社	地　　址:	上海市番禺路 951 号
邮政编码:	200030	电　　话:	021 - 64071208
印　　制:	江苏凤凰数码印务有限公司	经　　销:	全国新华书店
开　　本:	710mm×1000mm　1/16	印　　张:	10.5
字　　数:	151 千字		
版　　次:	2020 年 1 月第 1 版	印　　次:	2020 年 1 月第 1 次印刷
书　　号:	ISBN 978 - 7 - 313 - 22301 - 2		
定　　价:	68.00 元		

前　言

　　在澳大利亚联邦政府成立后的很长一段时间内,澳大利亚依然笼罩于宗主国英国的文化阴影之下,处于"文化卑微"的状态。澳大利亚文学作品中的原住民主题对探索其民族化道路,彰显地方性特色,起到至关重要的作用。在涉及原住民主题的澳大利亚小说文本中,对历史的反思与重构占据了叙事的核心位置。

　　在澳大利亚殖民开拓时期,官方历史以构建欧洲中心主义的殖民帝国神话为目的而修撰,带有明显的意识形态性。白人因与生俱来的优越感而自命为殖民地的开拓者和文明的化身;原住民则被视为"低等民族",懒惰、无知、堕落、不思进取的脸谱化形象使其在历史叙事中处于被描述的客体地位,沦为斯皮瓦克(Spivak)所说的无法发声的"底层人"。第二次世界大战的创伤消解了单一文化和单一真理的观念,西方文明独霸一方的状态被打破,文化的多元性逐渐显现出来,世界范围内反抗殖民压迫的民族运动风起云涌。在澳大利亚,原住民争取平等权益的运动对澳大利亚殖民开拓时期充斥着白人霸权和种族歧视的历史叙事提出了挑战。

　　澳大利亚历史学界在殖民时期的历史书写方面存在很大的分歧。左翼史学家主张从原住民视角出发对殖民时期的历史进行修正和重新解读,而右翼史学家则反对重新书写殖民历史,认为左翼史学家夸大了欧洲移居者与原住民的冲突,却忽略了那一时期澳大利亚社会中积极的一面。围绕殖民时期历史修撰的论战事关澳大利亚的文化历史渊源及民族-国家身份的塑造,在澳大利亚的文化界也得到了热烈的响应,小说叙事成为文学与历史对话的平台。

　　本书所选的六部作品将相互对抗的历史观以复调形式呈现于小说文本之中,从情节建构到叙事策略都与原住民反对代言、寻求自我表达的身份政治问题紧密相关。非原住民作家在创作与历史主题相关的作品时,既要体现原住民在民族-国家身份认同中的地位,又要避免挪用原住民文化或者试图为原住民代言。原住民作家则将口述传统融入小说叙事,用原住民与土地所保持的纽带关系全面诠释原住民身份,实现自我表达。

　　身份政治问题不仅促使澳大利亚作家在创作历史题材的小说时改变叙事手法,也对文学批评的解读方式提出了挑战。澳大利亚境外的文学批评对有关原住民和白人关系的历史小说文本的解读仍存在许多误区,目前还没有比较系统的研究。到目前为止,文学研究者在解读澳大利亚的历史小说及原住民作家的作品时大多运用后殖民主义理论,原住民作家及学者在理论界和批评界的声音却很少受到关注。然而,后殖民主义理论站在后殖民立场上谈族际间的混杂和融合,与殖民帝国的霸权叙事在一定程度上形成共谋,无法全面体现原住民和白人的社会权力不对等的社会现实。

　　本书基于两位原住民学者的理论观点,运用批判性白人研究理论解析以殖民历史及原住民身份为主题的六部小说。玛西亚·朗顿(Marcia Langton)深入地剖析了澳大利亚文化领域建构原住民身份时所表现出的主体间性,为本书作者解读六部小说提供了较为契合的文化批评语境。艾琳·莫顿-罗宾森(Eileen Moreton-Robinson)是澳大利亚批判性白人研究领域的领军人物,她在美国批判性白人研究理论的基础上,从澳大利亚原住民与白人关系的角度审视及批判白人特权,为本书解析有关澳大利亚历史及原住民题材的六部小说提供了新的视角和参照。即使在澳大利亚本土,批判性白人研究在文学批评中也没有得到充分的运用,相关著述仍比较匮乏。

　　本书结合批判性白人研究理论,深入剖析了原住民作家和非原住民作家在小说文本中呈现白人与原住民关系时各具特色的叙事策略,追踪了在身份政治问题的影响下澳大利亚历史小说在创作和批评中的发展轨迹。通过对六部小说的对比解析,本书得出结论:小说文本中的白人身份和原住民身份并非二元对立的本质主义概念,而是在协商和对话之中不断得到重新界定。小说叙事以原住民文化为核心构建主体间性空间,使原住民主体与白人主体得以通过对话与协商形成相互认可、相互建构。六部小说借助文学想象,为两极化的历史叙事提供了寓言式的和解途径。它们的共同寓意是,白人主体只有放下居高临下的姿态,认可并尊重原住民社会的规约律法和文化传统,了解原住民与土地和自然所达成的默契关系,才能够与原住民主体共同建构对话式的主体间性空间,达到视界上的融合。小说中复调式并置的殖民叙事和原住民口述历史产生的文本张力,改变并丰富了人们对原住民文化和历史的理解。

本书是我历经五年寒暑的博士研究以及澳大利亚访问学习一年所结出的青涩果实。为学之路尽管艰辛坎坷,却有如水木清华的校园,处处是风景,时时见关爱。

衷心感谢清华大学陈永国教授的精心指导。他学识渊博,富有洞见,对本书的选题和框架结构提出了指导性意见。他不仅是我学术道路上的方向标,他严谨的治学态度和豁达的胸襟也是我为学为师的表率,使我终身受益。

2015—2016 学年我在澳大利亚新南威尔士大学访学期间,得到澳大利亚原住民文学研究的领军人物安·布鲁斯特(Anne Brewster)副教授的悉心指导。我们在每月一次的面谈中深入讨论了澳大利亚学术界对书中涉及的原住民身份诠释及批判性白人研究的最新成果和观点,并共同参加了多个国际会议及其他澳大利亚文学研究的学术交流活动。在安的介绍下,我结识了多位澳大利亚文艺批评界的专家及知名作家,从与他们的交流中获益良多。

感谢清华大学外文系澳大利亚研究中心的王敬慧教授和北京大学必和必拓讲席教授大卫·沃克(David Walker)。在他们的鼓励和引荐下,我多次参加北京四大澳研中心组织的学术交流活动,与相关领域的研究人员建立了密切的联系。沃克教授是澳大利亚艺术科学院院士,是澳大利亚历史学界的泰斗,为我博士论文的历史批评视角下的解读提供了建设性的意见。

另外,还要感谢澳大利亚政府下设机构澳中理事会(Australia-China Council,简称 ACC)。我的选题"当代澳大利亚小说中的白人与土著关系"得到了 2014—2015 年度 ACC 优选项目基金的资助,为我参加各种学术交流活动提供了经费支持。

本书还得到清华大学的曹莉教授和王宁教授、北京外国语大学的马海良教授和王丽亚教授、中国人民大学的王建平教授、中央民族大学的郭英剑教授、北京语言大学的宁一中教授的指点与帮助,在此表示由衷的感谢。

感谢爱人和儿子几年来给予我的理解和支持,尤其是在我去悉尼访学的一年里,爱人尽管工作辛苦,依然将家里家外安排得井井有条,儿子也乖巧懂事,在管理自己生活和努力学习的同时,还为父母带来了精神上的慰藉。

邢春丽

目　录

第1章
绪论：历史、原住民与澳大利亚小说

文学作品产生于特定的时代，不可能脱离历史、社会、政治等因素的影响而存在于真空之中。正如赛义德（Said, 1984：4）在《世界、文本和批评家》一书中所指出的，文本是"世俗的"，是它"赖以产生和试图阐释的社会关系、人类生活和历史时期的一部分"。在 20 世纪初刚刚踏上民族化道路的澳大利亚文学中，这种"世俗性"得到了充分的体现，文学作品在复杂而又卓绝的澳大利亚民族-国家身份建构过程中起到了重要作用。

直至今日，学界对于澳大利亚殖民时期的历史编纂仍存在着诸多争议，原住民的土地所有权问题尚未得到解决，殖民帝国的合法性也一直遭到原住民的质疑。1901 年联邦政府成立以来，在文学作品探求民族身份、建构地方历史的过程中，原住民成为其至关重要、无可回避的话题。一方面，原住民元素的注入为澳大利亚文学建构民族-国家身份增添了本土特色。虽然原住民没有书面文字，但几万年流传下来的原住民传说、岩画、咏唱、舞蹈、身体彩绘及各种宗教仪式体现了原住民的历史文化传承及与古老的澳大利亚大陆的土地和自然生态休戚相关的宇宙观①。另一方面，被宗主国抛弃、被西方文明边缘化的欧洲移居者

---

① 学界普遍认为澳大利亚原住民在大约五万年前从印度尼西亚移居而来。在位于新南威尔士西南部的芒戈湖发掘的原住民骸骨是已知最古老的骨架，经考古学鉴定证实距今三万八千年。而且，骸骨上还发现了赭石的痕迹，表明澳大利亚原住民文化可以追溯到至少四万年前。

力求在原住民文化中寻求一种精神归属,从而使澳大利亚文学摆脱一直以来面临的"文化卑微"①困境。文学评论家 J. J. 希利(Healy,1989:291 - 293)指出,作家们对澳大利亚的文明根基"普遍持有一种悲观主义态度",他们认为"只有通过原住民才能体现出生活在澳大利亚的真正价值","20 世纪澳大利亚文学的主要能量是通过想象使原住民得以回归"。

在涉及原住民主题的澳大利亚小说文本中,对历史的反思与重构占据了叙事的核心位置。非原住民作家的小说作品主要从白人主体角度对殖民历史进行反思和自我批判,原住民作家的作品则利用原住民口述传统和其他形式的文化传承重构从原住民视角出发的历史,二者从不同视角表达了欧洲殖民者和原住民在"边疆地带"(the frontier)"初次接触"(first contact)②时具有争议的历史(contested histories),以此对抗殖民历史文本中的单一霸权叙事。

1.1 澳大利亚小说与历史的对话

列维-斯特劳斯(Levi-Strauss)(1966:257)指出,"一部清晰的历史……永远不能完全避开神话的性质"。在澳大利亚殖民开拓时期,官方历史以构建欧洲中心主义的殖民帝国神话为目的而修撰,受到西方社会思维范式的局限,带有明显的意识形态性。尽管澳大利亚大陆的原住民从大约五万年前开始就居住在这片辽阔的土地上,但法律上这块大陆却被定义为"无主之地"(terra nullius)。原住民的土地遭掠夺,社会被瓦解,文化受摧残,西方殖民文化的冲击使原住民社会遭受了巨

---

① "文化卑微"(Cultural Cringe)一词出自澳大利亚文学评论家 A. A. 菲利普斯(Arthur Angel phillips)1950 年发表的同名文章,他指出澳大利亚的读者往往将澳大利亚文学看作是英国文学成就的附属品,澳大利亚作家写作时会有一种文化卑微感,要努力迎合读者,因而制约了他们的创造力(Nile, Richard & J. Ensor, 2009)。

② "边疆地带"和"初次接触"是澳大利亚历史文献中普遍使用也非常重要的两个术语。"初次接触"指的是欧洲殖民者登上澳大利亚大陆与原住民遭遇之后发生的交往和冲突,由于英国殖民者在澳大利亚各个地区开发的时间不尽相同,它大概涵盖了从 1788 年开始到 19 世纪中叶以前的历史时期。而"边疆地带"一词则专指殖民者与原住民"初次接触"的地域。

大创伤。在官方历史文本中，原住民被视为"低等民族"，是"一种悲剧性的和令人厌烦的存在"及"进步法则的牺牲品"（麦金泰尔，2009：4）。

20世纪50年代以后，澳大利亚原住民在世界范围内反抗殖民压迫的民族运动的鼓舞和影响下，也要求享有与白人同等的权利，并要求白人归还掠夺的土地。1962年，澳大利亚原住民获得了选举权。1967年，在澳大利亚的全民公决中，绝大多数人赞同将原住民纳入全国人口普查。在澳大利亚国内，学界围绕着原住民身份、土地所有权、"被偷走的一代"（the Stolen Generation）和民族和解等各种历史遗留问题展开了一系列的论战，早期充斥着殖民霸权和种族歧视论的历史叙事也受到了质疑。

海登·怀特（Hayden White）认为，社会的每一个层面都受到意识形态的影响，没有纯粹的"自然规律"，历史学家所设想的"无功利性"社会研究"只会产出脱离社会现实的知识"，"社会是人为构建的，是人类创造的产物，而不是一种'自然'现象，它可以发生系统的变化和变革，因此，不应把社会看作是必然的结局"（1999：316）。也就是说，重现历史事件和进程的叙事话语并非中立的媒介形式，历史学家在修撰历史时会受到不同意识形态的影响，其叙事话语对历史事件的"情节编排"（emplotment）会带有特殊的政治意图。随着考古学和人类学关于澳大利亚原住民文化的研究成果的问世，人们开始重新认识原住民文化的丰富内涵，原住民在澳大利亚历史中的无声状态也被打破。人类学家W.E.H.斯坦纳（Stanner）在1968年的博埃尔系列讲座中指出，从1788到1938年一个半世纪的时间里，在记述澳大利亚历史的各种档案和著作中，原住民几乎都不见其名，即使有也不过是"一个悲哀的注脚"（1969：24）。斯坦纳认为，这并非偶然现象，而是"结构上的问题"，"是精心设计的将整个图景象限排除在外的观点写照"，在全国范围内形成了一种"遗忘崇拜"（1969：24-25）。斯坦纳将这一现象称为"澳大利亚大沉默"（the great Australian silence），它用同化原住民的原则试图抹杀历史的另一面。他指出，要想打破这种沉默，需要放下欧洲人的种族优越感，走出欧洲中心主义，深入到对以口述历史为特色的原住民文化的研究中去。斯坦纳的批评对许多视野狭隘的澳大利亚历史学家是一种谴责,也向学者们提出了新的要求,在不容置疑的现实面前他们需要革新想法,拓展自己的研究领域。①

原住民争取平等权益的运动对早期殖民历史叙事的权威性提出了挑战,从 20 世纪中叶开始,在澳大利亚左翼史学家当中掀起了一股修正和重新解读殖民时期历史的热潮。他们认为,对于涉及原住民遭受歧视、侵害甚至屠杀的创伤历史,单凭官方的历史档案无法做出客观的解释。他们试图走出斯坦纳所说的"遗忘崇拜",通过倾听原住民的讲述,将欧洲的知识体系与以口述传统为特色的原住民历史结合起来,重新发掘和修撰澳大利亚殖民接触时期的历史。左翼史学家认为,在殖民时期,无论从官方还是非官方的角度来看,欧洲殖民者都对原住民采取了种族灭绝和文化灭绝的手段,致使原住民数量锐减,大多数原住民语言丧失,文化传承也被切断。亨利·雷诺兹(Henry Reynolds)的《边疆的另一面》(1981)一书结合文献记载与口述证词,详细描述了欧洲殖民开拓对原住民造成的影响,在很大程度上改变了早期人们对原住民与欧洲定居者之间关系的看法。他在另一部著作《土地的法则》(1987)中强调了在土地所有权问题上,原住民世界观与欧洲文明有着完全不同的判断标准,对一直以来将澳大利亚定义为"无主之地"的法则提出了质疑。左翼史学家的观点直接影响了 1992 年的马博裁决(the Mabo decision),并促成了 1993 年《原住民土地所有权法案》的颁布。② 左翼史学家从原住民视角出发重新修撰的历史,对旨在建构国家神话的单一霸权叙事形成了挑战,使澳大利亚的历史研究领域发生了文化转向。如海登·怀特所说,"在社会现实中我们能找到一处'文化'空间,在那里,任何社会都可以得到解构,都可以被证明不是必然的,而是众多文

---

① 关于斯坦纳对"澳大利亚大沉默"现象及原住民口述历史的阐述,还可参见 Stanner, W. E. H., 1979, *White Man Got No Dreaming: Essays, 1938-1973*, Canberra: Australian National University Press.

② 1992 年澳大利亚高级法院通过的《马博裁决》,承认了原住民是澳大利亚最早的居民,认定"无主之地"的言论不过是一个法律谎言。来自墨累岛的托雷斯海峡岛民埃迪·马博通过坚持不懈的斗争,最终为自己的民族赢得了欧洲法律体系对原住民土地所有权和继承权的认可,这是澳大利亚原住民和托雷斯海峡岛民在立法上取得的最具有里程碑意义的成果。因"马博案"应运而生的 1993 年《土地所有权法》为土地所有权的认定程序做出了具体规定,但同时也维持了过去联邦政府无视原住民私有财产权而将土地随意授予他人的行为的合法性。

化当中的一种可能而已"(1999：316)。

　　然而,对于这种同情原住民命运的修正历史主义倾向,持右翼观点的史学家则坚决表示反对。他们认为,左翼史学家所使用的"屠杀""侵略"等字眼忽略了澳大利亚社会中积极的一面,夸大了欧洲移居者与原住民的冲突,是片面的"黑臂章"(black-armband)史观。① 基斯·温修特尔(Keith Windschuttle)直接否认殖民历史的存在,他在《原住民历史的杜撰》(2002)一书中指出,关于澳大利亚边界地区白人对待原住民的残酷行径的各种历史资料都是杜撰出来的,没有事实依据。他认为对殖民历史的重新书写出于政治目的,夸大了殖民者对原住民的暴力。雷诺兹将这些保守的右翼历史学家的观点称为"白眼罩"(white-blindfold)史观,谴责他们试图通过淡化殖民者对原住民所犯的罪行来粉饰澳大利亚的殖民历史,讽刺他们这种做法就像是给自己戴上了白色的眼罩,完全是自欺欺人(Attwood & Foster,2003：16)。澳大利亚历史学界在左翼和右翼历史学家之间展开的这场关于殖民接触时期白人和原住民关系的论辩,被称为澳大利亚的"历史战争"②,体现了"白人归属中最为根本的焦虑感"(Riggs,2004：39)。

　　澳大利亚历史学界围绕殖民历史修撰进行的论战已经远远超出了考古学、人类学和历史学理论研究的范畴,延伸到政治界、法律界、教育界,影响着国家政策和法律的制定和执行,变成了"整个国家关于民族身份的论战"(Attwood,2005：1)。这场有关民族-国家身份塑造及其文化历史渊源的论战在澳大利亚的文化界也得到了热烈的响应。受到这一旷日持久的历史论战的影响,对殖民时期历史进行反思和重构成为当代澳大利亚小说的一个显著特色。在社会文化背景发生变化的情况下,作家们借助小说叙事改变并丰富了人们对原住民文化和历史的理解。小说叙事成为文学与历史对话的平台,原住民作家和非原住

---

　　① 在澳大利亚的文化语境中,经常以原住民与欧洲移居者之间的肤色差异来代表双方的不同立场。"黑臂章"一词是杰弗里·布莱尼(Geoffrey Blainey)在 1993 年的约翰·莱瑟姆爵士纪念馆讲座(Sir John Latham Memorial Lecture)中首次使用,用以贬低那些为原住民哀悼、批评澳大利亚历史的左翼历史学家。

　　② 澳大利亚的"历史战争"(History Wars),指"黑臂章"史观和"白眼罩"史观就修撰澳大利亚殖民时期的历史所进行的针锋相对的论战,参见《历史战争》(Macintyre & Clark,2003)。

民作家的作品将相互对立的"黑臂章"和"白眼罩"史观并置在一起，两种对抗的历史观之间形成了文本张力，促使读者反思殖民时期欧洲定居者与原住民的交往及冲突。海登·怀特指出，"可以将现在看作是过去的一种延续"，因为"各种社会常规都是以传统、理念、机制、信仰等形式从过去继承下来的"（1987：91）。历史学界对殖民时期历史的修正和争议为小说创作提供了素材，作家们通过对历史的反思与重构，借助文学想象重新思考原住民历史和文化与国家认同之间的关系，透过单一的、体制化的宏大叙事揭示出西方思维方式的霸权本质。以口述传统为基础、从原住民视角重新建构的历史为读者提供了新的认识视角。

　　同时，小说文本对争议历史的表达和重构方式也在历史学界引发了热烈的讨论。以凯特·格伦维尔（Kate Grenville）的小说《神秘的河流》（2005）为例，该小说力图打破殖民历史叙事中的"澳大利亚大沉默"，作者将经过精心调研的历史资料融入通过想象对历史进行的重构之中，再现了殖民开拓时期英国殖民者与原住民之间因土地问题发生的冲突。小说出版后在国内外获得热销，但同时也受到了一些历史学家的质疑。历史学家马克·麦克纳（Mark McKenna）认为，小说对历史的重构使"历史真实陷入危机"，"历史学家的文化权威受到挑战"，而这种对过去的重构是站不住脚的，只是"隐藏在创造或伪造的面纱下面"对历史进行的攻击而已，只有正史才能"对真实的过去提出真正的质疑"（转引自 Pinto，2010：191）。① 然而我们需要认识到，历史叙事与小说叙事之间存在着本质的差别，小说家是借用历史事件跨越时间、空间和地域探讨人类的共性，历史学家却永远无法像艺术家那样超越时间和文化的限制。由此看来，文学想象是对历史书写的补充和发展。历史学界和文学界关于澳大利亚殖民时期历史的对话代表了一个时代的精神，文学作品对历史进行的重新解读体现了当代澳大利亚所推行的多元文化政策。

---

　　① 引文出自 2005 年 12 月 1 日麦克纳在格里菲斯大学的人文写作课程讲座，题目是《书写过去：澳大利亚的历史、文学和公共领域》。

1.2　澳大利亚小说中的身份政治

　　澳大利亚是一个由英属殖民地逐步发展起来的移民国家,小说中的历史叙事不可能完全脱离政治的影响。历史主题的小说以其明显的政治取向和独具一格的叙事手法,彰显了澳大利亚文学的地方性特色。在澳大利亚文学力图摆脱"文化卑微"状态、探求民族化道路的过程中,原住民主题对文学作品中的民族-国家身份认同及建构起着重要的作用。澳大利亚原住民及托雷斯海峡岛民艺术委员会主席凯西·克雷吉(Cathy Craigie)指出,"任何关于澳大利亚的写作都应该带有潜在的原住民情感,以对原住民的认可或者其他形式出现。如果没有这些,就不可能成就伟大的澳大利亚小说。想要表达澳大利亚精神,就必须做到这一点"[①]。

　　从 1920 年代开始,许多非原住民作家开始在小说叙事中正面刻画原住民角色,对原住民的处境表达同情,在一定程度上改变和纠正了人们对原住民的看法。代表作品有凯瑟琳·苏珊娜·普里查德(Katherine Susanna Prichard)的《库那图》(Coonardoo)(1929)、泽维尔·赫伯特(Xavier Herbert)的《卡普里康尼亚》(Capricornia)(1938)、埃莉诺·达克(Eleanor Dark)的《永恒的土地》(The Timeless Land)(1941)、帕特里克·怀特(Patrick White)的《沃斯》(Voss)(1957)、《战车乘客》(Riders in the Chariot)(1961)、托马斯·基尼利(Thomas Keneally)的《吉米·布莱克史密斯之歌》(The Chant of Jimmie Blacksmith)(1972)等。这些作家用娴熟的写作技巧描绘了原住民的悲惨处境,力图展现原住民文化的丰富内涵,为原住民在民族-国家身份建构中争取一席之地,使原住民作为主体回到历史叙事的舞台上。然而,虽然这些作家的出发点旨在维护原住民的价值,文本中的

---

　　① 出自安妮塔·海斯(Anita Heiss)1997 年 10 月 9 日对克雷吉的个人专访,转引自 Heiss,Anita,2003,*Dhuuluu-Yala = To Talk Straight：Publishing Indigenous Literature*,Canberra：Aboriginal Studies Press,第 12 页。

原住民形象却被想象为不可知的"他者",从而剥夺了他们自我表达的能力,使原住民失去了话语权,沦为被控制、被描述的客体。

基于赛义德对"东方主义"的阐释,贝恩·阿特伍德(Bain Attwood)和约翰·阿诺德(John Arnold)(1992:i)指出,澳大利亚文化界在解读原住民文化时也存在类似现象,他们称之为"原住民主义"(Aboriginalism)。阿特伍德认为,"原住民主义"可以归纳为三种独立的形式:其一,作为"原住民研究"——欧洲学者讲授、研究或展示关于原住民的学术知识,他们认为"原住民无法自我表达,因此必须由比原住民更了解他们自己的专家来代言;其二,作为一种基于认识论和本体论中区分"他们"和"我们"的思维方式——欧洲人把"原住民"想象为与自己截然不同的"他者";其三,作为凌驾于原住民之上行使权力的联合机构,就原住民事务发表声明、批准意见并实行管辖。

"原住民主义"在澳大利亚非原住民作家的小说文本中主要表现为一种将原住民理想化的倾向。以埃莉诺·达克的《永恒的土地》为例,小说将原住民放到了超脱于物质世界和现实时空之外的"梦创时代"(the Dreamtime),宣扬原住民的神秘性,最终导致原住民的身影被从澳大利亚的历史中移除。这种被理想化的原住民形象,即"高贵的野蛮人"(the noble savage),就像人文主义学者托马斯·莫尔爵士所描绘的乌托邦一样,"没有实际的出处",最终也会变成"非人的存在"(Sardar,2008:xiv)。再比如托马斯·基尼利的小说《吉米·布莱克史密斯之歌》,男主人公吉米作为原住民和白人的混血儿被原住民排除在外,而小说中描写的纯血原住民却又无法理性地思考自己的文化和文明,无法理解白人的动机,处于一种逐渐消亡的状态。这些小说中刻画的原住民形象和对原住民文化的诠释都是一种静止不变的状态,完全与现实中的原住民社会割裂开来,是从白人视角出发的,是"服务于白人的话语、白人的世界观、白人的经验和白人的需求的"(Hodge & Mishra,1991:63),无法真正代表原住民的声音。

1964 年原住民作家凯斯·沃克(Kath Walker)的第一本诗集《我们即将离去》(We Are Going)发表之后,澳大利亚境内以及世界范围内的主流听众听到了"强有力的原住民声音"(van Toorn,2000:29)。20 世纪 60 年代以后，知识文化界为原住民代言的声音逐渐被原住民的自我表达所取代，身份政治（identity politics）问题也在涉及原住民社会的澳大利亚文学创作与文学评论中引发了更多的关注，非原住民作家在文学创作中建构原住民角色的内心世界、解读原住民文化的方式也受到了越来越多的质疑。原住民认为，澳大利亚知识界对原住民文化的解读不能体现原住民的经历和感受，是对原住民文化的挪用和剥削。

原住民作家纳迪亚·惠特利（Nadia Wheatley）指出，非原住民作家的小说创作面临着一种两难困境：如果不包括原住民角色和主题，就可能描绘出"一幅单一白人文化的澳大利亚图景"，而"不经意间助长了种族主义"；相反，如果作品中含有原住民角色和主题，又有可能被指责"只是把他们当作象征物"，仅仅是"为了使白人作家和读者感到心安理得"，或者，更严重的后果是，又创造了"一种新的进行文化剥削和挪用的途径"，即使这可能"并非作者的本意"（1994：23）。在澳大利亚文学界关于代言与自我表达引发的身份政治问题中，最有代表性的就是作家兼文学批评家柯林·约翰逊（Colin Johnson）①的身份争议问题。

在约翰逊的原住民身份遭到质疑之前，他的小说《野猫落下》（*Wild Cat Falling*，1965）曾被认为是澳大利亚的第一部原住民小说。因小说的叙事风格颇具实验性，不仅从情节构建上引入了具有原住民传统特色的循环叙事手法，还采用了杂糅原住民口述传统的语言形式，在当时以非原住民学者为主导的文学批评界得到了很高评价②。这些评论家认为约翰逊的写作风格彰显了原住民文学的边缘色彩，其叙事风格在 1990 年代以前也被其他原住民作家所效仿。然而，在 1990 年代以后，约翰逊的家人透露他身上没有原住民血统，尽管他本人强调自己年轻时与原住民一样受到社会的歧视，他所声称的原住民身份并没有被

---

① 又名马德鲁鲁·纳罗金（Mudrooroo Narogin）。"马德鲁鲁"一词在西澳区西南部的努恩格部落语中表示"纸皮树"（paperbark），是原住民艺术的图腾象征。约翰逊在 1988 年原住民反对英国军队登陆澳大利亚建立殖民地 200 周年庆典时，为自己改名为"马德鲁鲁"以示抗议。然而，当他被证明没有原住民血统而遭到原住民社会驱逐后，文学界基本不再使用"马德鲁鲁"来称呼他。

② 例如，亚当·休梅克（Adam Shoemaker）的《白纸黑字》（*Black Words，White Page*）（1989）和 J.J.希利的《原住民与澳大利亚文学》（1989）都把约翰逊看成是原住民文学创作的先驱性人物，认为他的写作风格体现出鲜明的原住民身份，开创了原住民小说叙事的先河。

原住民作家及原住民社会所接受。来自珀斯市达姆巴通(Dumbartung)原住民协会的罗伯特·艾金顿(Robert Eggington)坚持认为,"真正的原住民身份必须包括血统鉴定和所属部族原住民长辈的认可"。在他看来,约翰逊的身份具有欺骗性,"是对我们原住民不断进行精神殖民的例证……是种族灭绝的延续"(转引自 Heiss,2003:6)。努恩格部族的原住民作家罗斯玛丽·范登伯格(Rosemary van den Berg)也认为,约翰逊坚持自己虚假身份的做法是"盗用"原住民身份,"为自己谋求福利",是对位于西澳区西南部的"努恩格部族人的羞辱"(2000:77)。除了原住民血统引发的身份争议,有些原住民作家对约翰逊作品中建构的原住民身份(Aboriginality)也提出了质疑。他们认为,尽管约翰逊的作品有很高的学术造诣,却"缺乏大多数原住民作品中常见的实证和经验细节",读起来就像"19 世纪'坐在轮椅上的人类学家'的著作"(Little & Little,1996:7)。

1.3　原住民身份的界定

身份政治问题使非原住民作家作品中所描述的原住民社会和原住民文化受到越来越多的质疑,这也使"界定原住民写作的真实性"显得更为重要(Heiss,2003:2)。既然原住民身份是构成原住民写作文体特征的核心要素,那么究竟该怎样界定它呢? 原住民作家的作品中是怎样体现原住民身份的呢? 非原住民作家在创作涉及殖民开拓时期的历史小说时,如何避免挪用原住民文化并为原住民提供自我表达空间呢? 在讨论以再现殖民时期原住民-白人关系为叙事中心的澳大利亚小说时,这些都是必须要回答的问题。

在传统的原住民社会,原住民都是按照亲缘关系、部落所属图腾、"梦幻"(Dreaming)①和具体地域来区分身份的(Kurtzer,1998:21),但

---

① "梦幻"一词是原住民文化和原住民信仰的核心,它不是我们平常所说的梦境,而是维系整个原住民社会人与人之间、人与土地和自然之间关系的精神纽带,与原住民仪式和原住民律法息息相关。在后面的章节中会进行更为详尽的论述。

是当欧洲人来到澳洲大陆之后，原住民却不得不按照"白人社会"的标准重新界定自己的身份。安妮塔·海斯(Anita Heiss)在《直言不讳：原住民文学的出版》(To Talk Straight: Publishing Indigenous Literature)①一书中指出，从历史上看，澳大利亚政府所界定的原住民身份并没有得到原住民的认可。按照纯血、二分之一、四分之一、八分之一血统等来区分原住民是种族主义者强加到原住民身上的标签。这种区分是建立在社会达尔文主义的人种改良理论基础上的，该理论认为"有着欧洲血统的混血儿比纯血原住民更聪明、更容易驯化"(Heiss，2003：17)。这也是澳大利亚推行同化原住民的"白澳"(White Australia)政策的主要依据，造成了许多原住民混血儿被从原住民母亲身边强行带走，成为"被偷走的一代"(the Stolen Generation)。

也就是说，对于原住民来讲，"原住民身份"这一词语是"给定的"，是"必须接受的"(Heiss，2003：18)，是一种相对于欧洲白人而言不同的特性，体现了原住民身份与白人身份之间的相互依存关系，失去其一，另一个则变得毫无意义。原住民政治家及学者多德森(Dodson)也指出，原住民身份的界定"取决于它与主流文化的关系"(1994：9)。澳大利亚政府将"血统"一词强加给原住民，将他们归类，不仅破坏了原住民之间的纽带关系，还通过制定相关法律剥削原住民，使他们成为最为廉价的劳动力(Birch，1993：13)。

富有讽刺意味的是，尽管"原住民身份"一词并非来自原住民社会，但现在原住民在澳大利亚要想争得土地所有权或者争取其他权益，都要出示得到相关原住民机构核发的"原住民身份证明"。在践行保护主义和同化政策的时代，原住民长辈被迫否认和遗忘自己的历史，而现在却又被鼓励回忆、讲述每一个细节，"对这些故事的详细记录成为原住民争得土地所有权的必要条件"(Huggins, et al, 1995：179)。在现在推行多元文化政策的澳大利亚，界定原住民身份也成了原住民维护自身权益的一种武器，其有利之处就在于能够避免再次出现上面提到的像柯林·约翰逊那样冒用原住民身份的情况。

----

① Dhuuluu-Yala 在维拉杜瑞(Wiradjuri)部落语中意为"直言不讳"，书名本身彰显出一种坚守原住民文化、保留边缘叙事色彩的态度。

那么,什么样的原住民身份才能得到原住民社会的认可呢?来自西澳区巴蒂米亚(Badimia)部族的原住民艺术家兼作家内莉·格林(Nellie Green)认为,"原住民身份的界定与我们从生活的土地上获得的身份认同密不可分。它体现了一种内在的归属感,或者说原住民的家园意识。每个人对自己原住民身份的判断取决于他受原住民文化和生活方式影响的程度,以及他与原住民社会所产生的认同关系"(Green,2000:47)。原住民几万年来所保持的与土地的纽带关系和他们对土地的归属意识也成为原住民作家在文学作品中展现原住民身份的一种重要手段。

在原住民作家的作品里,原住民身份应该怎样体现?原住民作家凯西·克雷吉(Cathy Craigie)和梅利莎·卢卡申科(Melissa Lucashenko)都认为,原住民文学与非原住民文学的根本区别在于写作内容,原住民文学的创作素材主要围绕土地、社会公正和法律事务问题,与原住民社会形成认同(转引自 Heiss,2003:27)。原住民作家亚历克西斯·赖特(Alexis Wright)也指出,"我们看到的是不一样的世界,我们与其他澳大利亚人的体验不同,我们的语言表述也不同于广泛使用的标准英语。如果说原住民写作令人感到不安,那是因为它对非原住民的标准英语观念形成了挑战,或者说对白人描述事件、地点和人物时的观念、价值和方式形成了挑战"。[①] 在欧洲人占据澳大利亚大陆之前,原住民社会的文化、宗教和历史都是以口述故事和科罗波里(corroboree)表演等形式流传下来的。这种口述传统在原住民作家的作品中也得到了充分的展现,是体现原住民身份的核心要素。总的来说,原住民作家的作品别具一格,原住民身份主要体现在写作内容的选材、原住民英语的运用及与口述传统的融合这几个方面。

1.4　批判性白人研究与澳大利亚小说

敏感的身份政治问题不仅对涉及原住民-白人关系的文学作品创

---

① 出自安妮塔·海斯对亚历克西斯·赖特的个人访谈,转引自海斯的《直言不讳:原住民文学的出版》,第 26 页。

作产生了很大影响，也影响着相关的文学批评对作品的解读方式。从
20 世纪 80 年代初开始，澳大利亚的文学批评开始关注被经典排除在外
的作品，通过经典构建起来的澳大利亚文学被看作是压制、排除异己声
音的主流文本，而文学批评的任务就是使这些异己声音重新回到经典
的澳大利亚文学之中，其中包括妇女写作、原住民写作和其他少数族裔
的声音（Carter，2000：284）。在经典革新的过程中，原住民作家的作品
在澳大利亚文学中的地位得到提高，与主流文本之间形成了有机的
互动。

关于澳大利亚历史书写的争议和辩论催生了澳大利亚文学评论界
对原住民写作的兴趣。1988 年，在澳大利亚国庆日举办的纪念英国殖
民者登陆澳大利亚 200 周年的庆典活动引发了原住民及同情原住民运
动的社会各界人士的大范围抗议，媒体和学术界也都加入到这场激烈
的、关于民族身份合法性问题的讨论中来。在原住民眼里，英国殖民者
登陆澳大利亚大陆是他们悲惨命运的开端，是原住民历史上的"悼念
日"。在其后的几年时间内，多部讨论文学作品中历史与原住民主题的
著作被出版，包括亚当·休梅克（Adam Shoemaker）的《白纸黑字：原住
民 文 学 1929—1988 》（*Black Words，White Page：Aboriginal
Literature*）(1989)、J. J. 希利（J. J. Healy）的《文学与澳大利亚原住民》
（*Literature and the Aborigine in Australia*）(1989，第 2 版)①、马德
鲁鲁（柯林·约翰逊）的《在边缘区写作：现代原住民文学研究》
（*Writing from the Friuge：A Study of Modern Aboriginal
Literature*）(1990)以及鲍勃·霍奇（Bob Hodge）和维杰伊·米什拉
（Vijay Mishra）的《梦想的阴暗面：澳大利亚文学与后殖民思想》（*Dark
Side of the Dream：Australian Literature and the Postcolonial
Mind*）(1991)。

这些论著对 20 世纪 80 年代之前在澳大利亚文学作品中围绕原住
民主题形成的叙事战场做了较为系统的梳理和解析。J. J. 希利主要评
述了从 20 世纪 20 年代至 70 年代白人作家涉及原住民主题的小说对

---

① 此书的第 1 版在 1978 年发行，在 200 周年庆典之时出版了第 2 版。希利在第 2 版序
言中总结了这十年间澳大利亚文学创作发生的变化，重点介绍了原住民文学的成长过程。

帝国主流叙事的颠覆过程;鲍勃·霍奇和维杰伊·米什拉则指出了这一时期在白人文学作品中存在的"原住民主义"现象及其双义性;柯林·约翰逊从多个层面揭示了从 20 世纪 60 年代至 80 年代原住民文学中表现出的原住民身份和标准英语之间形成的文本张力;亚当·休梅克结合社会历史背景分析了从 20 世纪 60 年代至 80 年代原住民文学作品中体现的政治和审美特性。但是,这几部文学批评著作都出自非原住民学者之手,对原住民身份的解读存在着一定的局限性。而且这几部作品都对柯林·约翰逊的写作风格给予了过高评价,包括约翰逊自己的《在边缘区写作》一书,都把约翰逊标榜为原住民文学的"唯一真实的声音",也对其他原住民作家造成了负面影响,使他们的作品"被忽略或受到贬低"(Little & Little,1996:8)。尽管持发展观的澳大利亚学者在定义原住民时用"文化"替代了"种族"概念,但是这种表面上的区分只是局限于生物学意义上的"种族","没有对它的本质提出质疑"(Cowlishaw,2004:59)。

随着原住民作家和学者队伍的壮大及自主意识的增强,他们强调在澳大利亚知识界的自我表达,对于原住民身份的界定、原住民话语的特色、涉及原住民主题的文学作品中的身份政治都表达了一种独立自主、不妥协的态度。尽管 20 世纪 80 年代后各种文类的原住民文学创作为澳大利亚的文化景观带来了巨大变化,但相比较而言,原住民作家和学者在理论界和批评界的声音则很少受到关注(Grossman,2003:1)。一方面,原住民文学作品大量涌现;另一方面,原住民学者的声音在学术界却被边缘化。这种矛盾导致了非原住民视角的批评研究在原住民问题上依然受到霸权叙事的影响,经常带有"原住民主义"的倾向。在 20 世纪 90 年代几位作家的原住民身份相继遭到质疑后①,社会媒体更加关注原住民社会对原住民身份的解读,原住民学者的观点也逐渐进入文学批评界的视野,其中最有影响力的学者包括马西娅·朗顿

---

① 几位出现身份危机的作家除了我们上面提到的柯林·约翰逊,还有阿奇·韦勒(Archie Weller)、罗伯塔·赛克斯(Roberta Sykes)和利昂·卡门(Leon Carmen)等。他们最初都以原住民作家的身份自居,并因此得到了广大读者的认可,最后却都被爆出他们都没有原住民血统,原住民身份也没有得到原住民社会的认可。

(Marcia Langton)和艾琳·莫尔顿-罗宾森(Aileen Moreton-Robinson)。

朗顿对澳大利亚电影制作中表达原住民身份时所使用的文化修辞语言进行了解构，为与原住民社会相关的文化产品和表达方式中的政治性提供了一种持续更新的批评意识，她的著作成为原住民文化批评的奠基之作。在马西娅·朗顿看来，原住民身份本身体现的绝不是纯血统或单一的民族特性，也不是被非原住民学界"妖魔化"(demonise)或者"偶像化"(fetishise)的本质主义概念，而是"一个体现主体间性的领域，它在对话、想象、表达和解读的过程中不断被重新界定"(1993：33-34)。朗顿认为，原住民和非原住民在持续的文化交往过程中都会表现出原住民身份。她把原住民身份大致上归为三类：基于原住民社会内部各个族群之间交往的原住民身份；非原住民在文化和文本中建构的原住民理想、象征物和对原住民的刻板化印象；通过原住民与非原住民的直接社会交往而构建出的原住民身份。也就是说，当非原住民作家和原住民作家的历史小说作品涉及白人与原住民的关系时，都会表现出某种形式的原住民身份。而且，这种原住民身份又不是一成不变的本质化概念，随着原住民社会与非原住民社会交往的进一步加深，它在文学文本中的诠释也在不断地发生着变化。

在 20 世纪中叶以前，澳大利亚主流社会对原住民社会的描述大多基于欧洲中心主义的价值观，带有明显的"原住民主义"倾向，也就是朗顿所说的第二类原住民身份。然而，随着原住民的自我表达越来越多地得到主流媒体和大众读者的关注，身份政治问题对澳大利亚的历史小说创作产生了很大影响。原住民作家的写作都"源自'原住民身份'的历史表达和历史象征，并对其进行反击"(Langton，1993：36)，他们在历史问题上所持的不同立场塑造了他们特有的表达模式。也就是说，尽管澳大利亚不同地区原住民社群之间的语言和文化习惯存在很大差异，原住民作家的写作文体也各不相同，但他们的作品却都体现出与主流叙事相对抗的话语特征。然而，原住民作家的作品中所表达的原住民身份也不纯粹基于原住民社会内部交往的原住民身份，即朗顿所说的第一种原住民身份。经历了两个多世纪的沧桑变化，虽然原住民并没有像 20 世纪初很多人类学家所预测的那样走向灭绝，原住民社会在与白人社会和其他移居民族交往的过程中已发生了巨大变化,已经不可能再回到 1788 年以前的状态。原住民作家在小说文本中所表达的原住民身份是多层次的,甚至是可协商的,是相对于文本中所批判、对抗的白人身份(whiteness)而言的,既有重构原住民历史、传承原住民文化的责任感和民族自信心,也包含着对原住民社会现实的反思。

与此同时,随着原住民社会的声音逐渐进入主流媒体,再加上左翼历史学家的"黑臂章"史观的影响,非原住民作家的历史小说创作也发生了很大的变化。由于原住民作家强调自我表达,反对非原住民作家在刻画原住民角色时为原住民代言,非原住民作家的小说作品在对原住民身份进行诠释时,从原来站在原住民立场上、进入原住民角色的意识正面刻画原住民形象,变为间接地从白人主人公的视角从侧面展现原住民身份。非原住民作家的文学创作容易被指责与主流叙事文本形成一定程度上的共谋,所以为了避免文本中出现明显的"原住民主义"倾向,即朗顿所说的第二种原住民身份,他们从原住民作家的作品和原住民学者的批评中得到了一定的启发。尽管在小说中所表达的原住民身份是间接的,但是通过主人公对自身白人身份的反思和殖民叙事文本霸权特征的批判,小说表达了对原住民文化及信仰的认可和尊重,突出了原住民在民族-国家身份建构中的重要地位。

总的来说,虽然原住民作家和非原住民作家的历史小说对原住民身份的诠释角度和方式都有很大不同,文本之间却存在着一定的互动关系。尤其是 20 世纪 70 年代以后小说作品的创作,明显受到了原住民强调自我表达的身份政治问题的影响,在白人社会对原住民身份的诠释与原住民的自我表达之间逐渐形成一种互动的、协商的关系,即朗顿所说的第三种在民族交往的基础上构建起来的原住民身份。在这种互动过程中,白人主体认识到在解读原住民社会和文化时自身立场和视角的局限性,反思殖民历史叙事文本的意识形态建构本质,而原住民主体则挪用西方文化的表现形式,并注入多种原住民文化的元素,在消解文本中白人霸权的同时,强调原住民社会的自主诉求。

原住民学者艾琳·莫尔顿-罗宾森在其代表作《与居高临下的白人女性交谈:原住民女性与女性主义》(*Talkin' Up to the White*

Woman：Aboriginal Women and Feminism）一书中指出，主流社会在建构和表达原住民身份时，其话语中存在着明显的白人身份霸权特征。莫尔顿-罗宾森指出，"在澳大利亚学术界，白人身份从未受到过质疑，也没有人以它的'差异'来命名它，即使某些'差异'是以它为参照标准来度量的，通过这一标准得以走向中心并常态化。在女性批评政治的实践和理论中，白人身份作为种族、作为一种特权和社会建构从未被当作'差异'来质疑过"（2000：xviii）。该书主要对从事女性主义批评的非原住民学者话语中隐含的白人身份进行了详细的解析。这本著作经过多次翻印，不仅是澳大利亚批判性白人研究领域的奠基之作，也与世界范围内的批判性白人研究相呼应，是多个领域研究广为引用的作品之一。

　　德里达（Derrida）在《哲学的边缘》（Margins of Philosophy）（1982：213）一书中指出，西方的文化体系是一种"形而上的体系"，白人男性所代表的"逻各斯"（logos）被认为是普适的，是"不容置疑的理性"。他认为，西方主流叙事是意识形态领域建构的"白色神话"，尽管"它已经将自身形成的绮丽背景擦涂淡化"，但是"透过白色的墨迹，隐去的图景依然活跃在复写层中，并且在不停地扰动"。作为西方文化的重要组成部分，充斥着殖民主义霸权的西方历史文本是逻各斯主义的典型代表，成为帝国殖民扩张的工具和喉舌，使被殖民、被压迫的民族长期处于无声的状态。

　　批判性白人研究作为一门跨学科的领域研究，其主要目的就是批判白人特权、研究霸权的权力结构。该研究可以追溯到 20 世纪初美国的族裔批评，先驱者包括 W. E. B. 杜波依斯（W. E. B. Du Bois）、詹姆斯·鲍德温（James Baldwin）、西奥多·W·埃伦（Theodore W. Allen）、作家兼文学评论家托尼·莫里森（Toni Morrison）和历史学家大卫·R. 罗迪阁（David R. Roediger）。到了 20 世纪 90 年代中期，批判性白人研究进入了繁荣时期，从文学批评到历史学、社会学、地理学、教育学和人类学，各个领域都涌现出大量的著作，从不同角度解析白人身份，批判性白人研究也成为大学课程和学术研究的一个重要话题。梅利莎·斯泰恩（Melissa Steyn）指出，白人身份"是受意识形态支撑的一种社会立场,为欧洲血统的人所享有,随着欧洲的殖民扩张带来的经济和政治上的优势而逐渐增强。"她认为,"从白人身份角度重新构建种族问题在批评界迈出了非常有力的一步"(2005:121)。在批判性白人研究领域的学者们看来,种族优越性的概念并不是生理决定的,而是在社会中建构出来的,用以作为歧视其他种族的正当理由,而批判性白人研究的主要目的就是要揭示出在历史进程中白人身份镇压和边缘化他者时所倚仗的权力规范,是对"白人身份的去自然化(denaturalization of whiteness)"(Brewster,2010:191)。

批判性白人研究虽然发源于美国,但是却在澳大利亚得到了长足发展,在澳大利亚理论界占有重要的地位。与美国批判性白人研究不同的是,它不是从拉美裔和非裔视角看待与白人的关系,而是"沿着不同的轨迹发展","从历史上原住民与白人关系的角度来定义白人身份"(Brewster,2010:192)。大卫·卡特(Carter David)指出,"澳大利亚的殖民入侵历史和种族暴力(不仅仅体现在话语和象征意义上)是澳大利亚批判性白人研究兴起的主要原因"(Carter and Wang,2010:v)。这一理论在澳大利亚学术界是原住民学者及少数族裔的文化界人士批判白人特权、争取民族平等权益的有力武器,也为解析澳大利亚历史和原住民题材的小说提供了新的视角。

尽管阿什克罗夫特(Ashcroft)等用"后殖民"一词来概括"所有从殖民伊始到现在受到帝国进程影响的文化"(1989:2),但许多澳大利亚原住民认为,他们在政治、社会和经济上依然面临着"内化的种族主义"(internalized racism),"只要原住民的自主诉求在法律上得不到认可,后殖民的概念就仅仅是个幻想。一些白人理论家杜撰这一词语不过是为了谋求一处避风港,作为无须采取政治行动的借口"(Trees & Nyoongah,1993:264)。所以,尽管许多文学批评家用后殖民理论来解读澳大利亚的历史小说及原住民作家的作品,但是"相对于欧洲'中心'而言,澳大利亚白人和原住民被放在了相同的'边缘'位置"(Shohat,1992:102),而无法体现出原住民和白人社会权力不对等的社会现实。沙腊德(Sharrad)指出,后殖民研究虽然"揭示了帝国现状的复杂性,表达了各民族去殖民化的最终诉求",但是"原住民身份却强调这一需求在现有的体制中是无法实现的，而且后殖民批评本身与这一体制形成了共谋"(Sharrad, 2013：21)。因此，仅仅用后殖民主义理论去解读澳大利亚小说中的白人和原住民之间的关系是片面的，仍然存在着从非原住民学者视角出发而导致的"原住民主义"的现象。

与后殖民主义理论不同的是，批判性白人研究认可原住民社会所倡导的自主性与白人社会对原住民文化的解读之间存在的矛盾，并对带有白人身份霸权的话语建构提出了质疑。弗兰肯伯格(Frankenberg)指出，"白人身份并非空洞无形，而是一种标准"，它通常被作为区分白人与其他种族的"无标记性特征"(unmarked marker)，而且"在大多数情况下，这种建构将非白人文化看作是弱势的、异常的或病态的"(1993：203)。因此，批判性白人研究并非笼统地站在后殖民立场上谈族际间的混杂和融合，而是力图解构殖民叙事话语中白人和原住民之间权力不对等的层级关系，这也为解析以原住民和白人关系为叙事中心的澳大利亚小说提供了合理的理论框架。基于这一理论框架，我们既可以解读原住民作家作品中运用原住民视角及其他叙事手法对充斥着白人身份霸权的历史叙事进行颠覆的过程，也可以分析非原住民作家作品中通过对白人身份的反思，重构文本中白人-原住民关系、寻求民族和解的过程。

近些年来，澳大利亚文学作品在世界文学的舞台上熠熠生辉，发挥着越来越重要的作用，与原住民文化相关的作品更是以其别具一格的地方色彩受到了世界各国读者和学者的关注。然而，澳大利亚境外的文学批评界对澳大利亚学术界的身份政治问题和关于原住民身份的不同解读则不够敏感，与澳大利亚国内的文学批评相比，往往出现严重滞后的现象。威夫斯(Wevers)指出，21 世纪初在欧洲召开的关于澳大利亚文学的学术会议主题还停留在 20 世纪 80 年代的思维模式里，依然在用"他者"这样体现二元对立的概念指代澳大利亚原住民，使原住民沦为话语的客体，剥夺了原住民的自我表达能力，忽略了原住民自己的解读方式和原住民批评方法及理论(2006：398)。

中国的澳大利亚文学研究也存在着类似的问题。尽管近些年来我们国内对澳大利亚文学作品的译介和批评在数量上都大幅增加①,其中也有一些涉及原住民历史主题的小说评论,但大多是借助后殖民主义批评理论对单个小说文本的解析或者对原住民文学的某一文类进行概括性介绍②,并没有就文学创作中的身份政治问题做深入的探讨,也没有文章或著作基于澳大利亚的原住民批评理论解析非原住民小说和原住民小说所采用的不同叙事手法。

　　总的来说,澳大利亚境外的文学批评对有关原住民-白人关系的历史小说文本的解读还存在许多误区,目前没有比较系统的研究。即使是在澳大利亚本土,批判性白人研究也主要集中在历史、社会学、文化研究和性别研究领域,文学领域相关的著述和研究成果还相对不足(Brewster,2010:192))。有鉴于此,本书将对六部20世纪70年代以后出版的澳大利亚历史小说代表作进行细致的文本解读,并结合批判性白人研究的理论探讨作家们如何在小说叙事中平衡政治与审美的关系。

1.5　研究意义及论文框架

　　由于身份政治是涉及原住民-白人关系的澳大利亚历史小说创作的核心问题之一,通过批判性白人理论来解析小说文本可以突显官方历史叙事和从原住民视角出发的历史叙事之间形成的张力,揭示白人身份及白人特权在历史文本中的建构过程。迈克尔·多德森(Michael Dodson)认为,当原住民作家和学者的自我表达进入公众视野时,他们与众不同的声音有可能再一次被误读,"面临着被挪用和误用的风险",非原住民社会可能"选择性地借用我们的表达再一次用绝对的、僵化的

① 关于我国当代澳大利亚文学研究取得的成就,可参见:Huang. Y, 2000, "Globalizaiton and Counter-globalization: Australian Studies in China", in Palmer, Christropher & Iain Topliss, (eds.), Globalizing Australia, Melbourne: A Meridian Book; Wang G, 2011, "A Hard-won Success: Australian Literary Studies in China", *Antipodes*, vol.25, no.1, pp.51-57; Wang L, 2000, "Australian Literature in China", *Southerly*, vol.60, no.3, pp.118-133.

② 例如:陈正发(2007)和周文(2011)概括性地论述了澳大利亚文学中的原住民形象及文学创作中的身份政治问题;周小进(2005;2009)和杨永春(2012)主要从后殖民批评角度谈了原住民形象和澳大利亚民族身份的关系。

术语对原住民身份的解读固定化"（1994：10）。因此，在解读非原住民
作家的历史小说作品时，既要看到其积极反思白人身份的一面，又需要
质疑其诠释原住民身份时与主流的殖民历史叙事之间形成的共谋
特性。

本书作者认为，尽管非原住民作家的历史小说在对原住民身份的
诠释上仍存在一定的"原住民主义"倾向，但是小说叙事明显受到原住
民自我表达话语的影响，也在历史学界的"黑臂章"史观中得到启发，通
过对历史事件的重新解读反思殖民时期白人与原住民的关系，突出原
住民在澳大利亚民族-国家身份建构中的地位。而原住民作家小说中
的原住民身份则深植于原住民文化的口述传统，通过原住民的信仰、亲
缘关系、与土地的密切联系来实现。非原住民作家小说对殖民历史的反
思与原住民作家小说从原住民视角对殖民历史的重构形成呼应，只有将
原住民作家和非原住民作家的小说文本放到一起解析，才能更全面地体
现欧洲移居者和原住民对争议历史从不同视角做出的解读和诠释。

同时，借助批判性白人研究的理论框架可以将原住民作家和非原
住民作家的小说文本放在一起对比，探讨这些小说文本之间以及与历
史叙事之间产生的互动。尽管非原住民小说和原住民小说的叙事视角
不同，但是二者都对白人身份进行了"种族化"（racializing）的剖析，"不
是通过'种族互换'或者种族挪用，而是通过接受存在差异的文本和意
识形态"来探讨移居者的本土化问题（Ingram，2001：161）。在此过程
中，学者们也会对原住民身份产生新的认识，并重新对其进行诠释。因
此，本书从当代澳大利亚的历史小说代表作中分别选取三部非原住民
作家的作品和三部原住民作家的作品进行文本细读。

本书第 1 章主要介绍澳大利亚小说与不同历史观之间形成的互
动，分析历史小说的政治与审美特性，并探讨原住民身份在文学作品中
的体现和界定，指出文学批评界对涉及历史和原住民主题的澳大利亚
小说进行解读时存在的误区，并以批判性白人研究的理论为指导，提出
本书的研究问题，并阐明其现实意义。

本书第 2 章将重点解析三部非原住民作家的历史小说：帕特里
克·怀特（Patrick White）的《树叶裙》（*A Fringe of Leaves*）（1976）、大

卫·马洛夫（David Malouf）的《忆巴比伦》（*Remembering Babylon*）(1993)和凯特·格伦维尔（Kate Grenville）的《神秘的河流》（*The Secret River*）(2005)。《树叶裙》通过重现 19 世纪 30 年代的历史事件，反思英国社会存在的阶级差别及歧视，揭露欧洲文明的虚伪本质。海难幸存下来的女主人公埃伦（Ellen）被原住民俘获后，在与原住民共同生活的三个月里，虽然身体上遭受了种种折磨，丛林生活却使她返璞归真，摆脱了阶级意识的桎梏，并从大自然和原住民信仰中获取了神奇的力量，找到了精神依托。《忆巴比伦》主要反思定居地农民狭隘的价值观和世界观。在原住民中间生活了十六年的主人公盖米（Gemmy）从语言和行为上都几乎被原住民同化，因偶然的机会回到白人社会后，给定居地农民带来了恐惧和不安，他们的排斥使盖米最终选择回到原住民中间。《树叶裙》和《忆巴比伦》的历史反思都带有一定的浪漫主义色彩，主人公在适应新环境、寻求精神归属的过程中加深了对原住民生活和文化信仰的认识和理解。进入 21 世纪之后，凯特·格伦维尔的《神秘的河流》(2005)延续了以上两部小说对殖民历史进行反思的传统，但在写作风格上则更具有现实性。小说的创作参考了大量的历史档案，男主人公威廉·桑希尔（William Thornhill）是新南威尔士殖民地获得赦免的流放犯，小说叙事主要围绕他在悉尼附近的霍克斯布里河岸开垦土地时与原住民发生的冲突展开。为了质疑殖民历史的霸权叙事，对原住民的世界观表示认可和尊重，同时避免进入原住民角色的意识和内心世界，小说赋予男主人公一种双重视角：一方面，他与其他的欧洲殖民者站在同样的立场上，将原住民当成低等的原始人看待；而另一方面，随着与原住民的进一步接触和对原住民生活的观察，他又开始否认前一种立场，对原住民文化和世界观表示认可。小说叙事也受到身份政治问题的影响，原住民角色都是透过男主人公及妻子的眼睛和意识呈现出来的，基本上没有语言的交流和心理活动。

本书第 3 章以探讨原住民作家小说中的历史题材为主，选取的三部小说分别是埃里克·威尔莫特（Eric Willmot）的《潘姆嵬：彩虹战士》（*Pemulwuy：The Rainbow Warrior*）(1987)、金·斯科特（Kim Scott）的《心中的明天》（*Benang：From the Heart*）(1999)、和亚历克西斯·

赖特(Alexis Wright)的《卡奔塔利亚湾》(*Carpentaria*)(2006)。三部小说都以对抗殖民文本的历史叙事为主要目的，但文类趋于多元化，除了《潘姆鬼：彩虹战士》遵循了传统的线性叙事框架之外，《心中的明天》和《卡奔塔利亚湾》都采用了空间叙事手法。埃里克·威尔莫特的《潘姆鬼：彩虹战士》(1987)再现了欧拉(Eora)部落的原住民在他们的民族英雄潘姆鬼的带领下抗击英国殖民者的历史。小说叙事基本上遵循了西方历史小说的线性传统，并融入大量殖民地建立初期的历史档案，包括当时的官方记载，还有未经正式发表的英国军官的个人信件与札记等，揭露官方叙事版本中企图掩盖的原住民反抗侵略的事实。该书从原住民视角重新书写历史，来对抗官方历史中将原住民视为野蛮人或抹杀原住民存在的白人身份霸权话语。随着原住民创作的不断成熟，原住民作家书写历史的形式也日趋多元化。吉姆·斯科特的小说《心中的明天》(1999)以半自传的形式将自己的努恩格(Nyoongar)部落原住民祖先的家族历史与引入文中的大段殖民时期的历史档案并置起来，并借助讽喻、空间叙事、元叙事、超现实主义等多种手法向历史主义小说的线性叙事传统发起了挑战，旨在质疑并颠覆充斥着西方文化霸权的官方历史，抨击澳大利亚政府通过同化手段淡化原住民血统并将其"升华"到白人行列的种族主义歧视政策，探讨原住民混血儿后裔的身份归属问题。与《心中的明天》类似，亚历克西斯·赖特的《卡奔塔利亚湾》(2005)也采用了多维度的叙事策略，将两个不同版本的历史叙事并置起来：一是德斯珀伦斯(Desperance)镇上的白人眼中的历史，一是普利科布什(Pricklebush)的原住民眼中的历史和现实。小说运用多维度、多中心的叙事结构描绘 20 世纪 90 年代卡奔塔利亚湾(Carpentaria)的原住民社会，并将原住民的过去、现在和未来融合在一起，带有强烈的超现实主义色彩。

　　本书的第 4 章将探讨这六部小说在原住民身份的表达与自我表达之间形成的互动。尽管非原住民作家的小说作品只能代表欧洲白人的视角，对原住民身份的诠释依然与殖民帝国的主流叙事形成一定的共谋，但是小说中的白人主体通过对原住民信仰和自然力量表达的敬畏之情认可了原住民宇宙观的存在，并通过描绘白人与原住民在大自然中和谐相处的瞬间而在小说叙事中构建了主体间性空间,也就是马西娅·朗顿(Marcia Langton)所说的基于主体间交往形成的第三种原住民身份。这种原住民身份首先体现在认可多元历史的存在,其次强调在主体交往不断加深的过程中原住民身份的弹性解读和混杂特性。

第 5 章是结论部分。本书旨在通过解析原住民作家和非原住民作家的历史小说中的文本策略和叙事技巧,描绘出在身份政治问题影响下澳大利亚历史小说在创作和批评中的发展轨迹。通过展现立场各异的殖民历史叙事和原住民口述历史中不同的宇宙观和土地观之间形成的张力,澳大利亚的历史小说在反思和重构殖民历史的过程中,与历史学界相互对立的"黑臂章"史观和"白眼罩"史观之间形成了互动,在原住民作家和非原住民作家的小说作品之间也形成了一种对话式格局。这种对话从民族间的误解、不信任甚至是暴力行为逐渐变成对历史的反思和责任意识,并探讨主体间通过近距离接触达到彼此尊重或者进行更深层次精神交流的可能性。

在倡导多元文化政策的当代澳大利亚社会,文学想象为民族-国家身份的建构提供了交流平台。通过这种交流,原住民用自我表达对抗主流叙事中的白人身份霸权,并与世界范围内被边缘化的、曾经或者正在遭受殖民侵略、文化摧残的所有弱势民族表达诉求的叙事文本形成了呼应。原住民作为澳大利亚小说作品中独具特色而且经久不衰的话题,对澳大利亚文学和文化在世界范围内的传播以及声援全世界原住民的自主诉求都起到了重要作用。

第2章
白人主体反思的殖民历史

20世纪60年代以后，与原住民争取平等权利的运动相呼应，原住民在文学作品中也强调自我表达，反对非原住民社会的代言。身份政治问题促使非原住民作家重新思考应该如何在历史小说中再现殖民时期的原住民和白人关系，左翼史学家兼顾原住民口述传统和重写殖民历史叙事的"黑臂章"史观也使作家们加深了对原住民文化的了解，为小说的创作提供了灵感和素材。

本章将从《树叶裙》《忆巴比伦》和《神秘的河流》三部历史小说入手，分析非原住民作家是怎样借助文学想象重新阐释历史事件、探求民族身份的归属问题的。在这些作品中，非原住民作家借助欧洲殖民者与原住民初次接触时期发生的历史事件，通过小说主人公对白人身份进行的反思，批判殖民者狭隘的世界观和对原住民的刻板化印象，与殖民霸权文本形成对抗，对原住民信仰、原住民立场、原住民世界观表示认可。这从侧面突显了原住民独具特色的文化，并强调原住民文化在澳大利亚民族-国家身份塑造中的重要地位，表达了白人主体在澳大利亚大陆寻求归属并希望与原住民达成和解的愿望。

2.1 原住民与国家奠基神话

本内迪克特·安德森（Benedict Anderson）在《想象的共同体：民族

主义的起源与散布》(*Imagined Communities：Reflections on the Origin and Spread of Nationalism*)一书中通过比较史学和历史社会学的研究方法,对民族主义历史进行了长时段的考察。安德森认为,历史叙述在建构民族主义认同的过程中起到了非常关键的作用。他指出,随着宗教和古老文化的衰退,人们理解时间和世界的方式也发生了根本变化。"弥赛亚的时间观念"、人与神之间的垂直关系,逐步让位于"同质、空洞的时间观念"(1991：24-26),"资本主义印刷术使得越来越多的人用深刻的新方式对他们自身进行思考,并将他们自身与他人连接起来"(1991：36)。根据考察结果,安德森认为,民族主义是一个现代性想象的形式,是现代社会中人类历史进行深刻的重构和建构过程。人们以多元、复杂的方式在不同历史阶段和不同的空间中,通过对他性差异的统合性叙事以确认自我身份的这一过程,塑造和建构民族身份的不同模式。

1901年澳大利亚联邦的成立标志着澳大利亚正式脱离了宗主国英国,从殖民地变成了独立的主权国家。作为一个新兴的民族-国家,构建统一的民族身份和意识形态成为增强国家凝聚力的首要任务。文学作品作为非官方的叙事文本,在建构澳大利亚民族-国家身份这一"想象的共同体"的过程中,对探讨澳大利亚社会生活所面临的重重矛盾起到了非常重要的作用,其多样性和透彻性往往是官方叙事所无法比拟的。在澳大利亚建国之初,文学作品中的民族-国家身份建构以塑造典型的白人男性拓荒者形象为核心,他们在资源极其匮乏的艰苦环境中努力开拓,在荒原上种植庄稼、发展牧业,将其改造为文明的绿洲。然而,这一奠基神话却将原住民完全排除在外,因此以欧洲文化价值观为中心的殖民叙事以及殖民帝国的"合法性"(legitimacy)时刻面临着来自原住民的质疑。

尽管在当今的澳大利亚,包括混血儿在内的原住民在澳大利亚人口构成中所占的比例还不到百分之二,能够造成的实际威胁非常微小,但是"在合法性问题上却是极大的威胁"(Hodge & Mishra,1991：25)。在原住民看来,澳大利亚大陆从几万年前开始就是他们祖先世代生活的"家园"(country),土地既为他们的生存提供了物质条件,也是他们精神信仰的来源，并不是白人殖民者眼中的"荒原"（wilderness），需要征服和开垦才能得以生存。从原住民立场出发的叙事对以欧洲文明为中心的价值观和基于殖民开拓的国家奠基叙事都提出了质疑和挑战。霍奇和米什拉指出，在澳大利亚树立国家自身形象的过程中，决定民族身份的关键事件不是 1901 年澳大利亚联邦的成立，而是 1788 年英国殖民者对澳大利亚大陆的入侵。1988 年针对英国人登陆澳大利亚 200 周年举办的庆典活动则是"沙文主义的、不成熟的"表现，在这一庆典背后隐藏着"一种强烈的对民族自身形象的焦虑感，并受到合法性问题的困扰"（Hodge & Mishra，1991：x）。荒原与家园、开拓与侵略，两个不同版本的历史叙事之间形成的张力将澳大利亚的历史小说变成了叙事战场。

20 世纪后半叶，历史小说占据了澳大利亚文学的半壁江山，小说叙事受到左翼史学家修正主义观点的影响，对民族身份及其历史和文化渊源引发的争议进行了深入的探讨。霍奇和米什拉指出，殖民叙事"必须基于过去的特定时刻和特定事件建构一个奠基神话，从而确定群体作为所有者不可置疑的权利并代代相传"（Hodge & Mishra，1991：26）。然而，尽管这些没有原住民身份的澳大利亚人企图围绕他们的先驱者和早期定居者遭受的苦难以及取得的成就来建构奠基神话，这一叙事却"不具备绝对的延续性，因为真正的合法化影响深远，往往会打破这一明显似是而非的观点"，所以澳大利亚白人需要不断创建出新形式的奠基神话，来"废止、缓和、替代并抵消奠基事件中难以处理的状况"（Hodge & Mishra，1991：26）。在澳大利亚的奠基叙事中，从白人移居者与从原住民视角出发的历史版本之间存在着很大的争议和难以调和的矛盾，为了使想象的共同体中的历史叙事得到统一，文学作品才会不时地返回殖民者和原住民"初次接触"时的历史原点，反复改写并重新诠释发生在"边疆地带"的历史事件。

在涉及原住民和白人关系的非原住民作家的小说文本中，白人主体在良知奋战中呈现出一种动态的跨界趋势，希望通过解构自身的文化霸权并接受原住民的文化和价值观，来达成与原住民的和解。本书所选取的三部非常有影响力的非原住民作家的小说作品：《树叶裙》《忆巴比伦》和《神秘的河流》,尽管分别创作于 20 世纪 70 年代、20 世纪 90 年代和 21 世纪初,但是小说叙事都围绕着欧洲白人殖民者和澳大利亚原住民之间"初次接触"的历史原点展开,体现了欧洲白人在民族-国家身份认同问题上存在的一种无法摆脱的原住民情结。正如朱迪思·巴特勒(Judith Butler)所指出的那样,构建民族-国家身份的基础是"民族必须要纯化,去除其异质性,除非基于某种多元主义情境可以衍生出同一性"(Butler & Spivak, 2007: 32)。三部小说力图通过并置的视角和历史构建一幅共同体图景,借此"衍生出同一性",表达了欧洲移居者在澳大利亚大陆上借助本土的原住民文化寻求身份认同和归属感的心路历程。

这三部小说在刻画人物性格和心理上都有很高的审美和艺术造诣。其创作受到 20 世纪 60 年代以后原住民要求自我表达、反对代言的身份政治问题的影响,在叙事策略上有别于 20 世纪中期以前的历史小说,在刻画原住民形象时不再采用非原住民作家小说中惯用的原住民视角,避免进入原住民角色的意识去展现他们的内心世界,而是由小说中的非原住民角色从自己的经历和视角出发来表达对原住民文化的认可,并通过白人角色反思殖民开拓时期白人社会自身的问题,来重新诠释澳大利亚的奠基事件。通过对白人身份的反思,以欧洲中心主义为特征的意识形态和话语霸权受到质疑,并突出了原住民在澳大利亚民族-国家身份构成中的重要地位,与历史学界的"黑臂章"史观形成了呼应。

2.2 《树叶裙》: 寻求精神救赎

帕特里克·怀特(1912—1990)是澳大利亚文学界的泰斗,1973 年荣获诺贝尔文学奖,是迄今为止澳大利亚唯一一位获此殊荣的作家,其作品为澳大利亚文学摆脱宗主国文化附庸的身份、走上民族化道路做出了重要贡献。在怀特的小说中,有三部涉及原住民与白人的关系,分别是《沃斯》(*Voss*, 1957)、《战车乘客》(*Riders in the Chariot*, 1961)

和《树叶裙》(*A Fringe of Leaves*，1976)。怀特积极支持原住民争取自主和土地权益的运动，这三部小说都对原住民在澳大利亚民族-国家身份认同中应有的位置进行了认真的思考，"将被边缘化的原住民展现在聚光灯下"(Budurlean，2009：166)，通过将原住民写入澳大利亚的奠基叙事来探讨原住民文化对外来的欧洲白人起到的精神救赎作用。然而，创作于 20 世纪 70 年代的第三部小说《树叶裙》，因受到 1960 年代以来原住民强调自我表达的身份政治问题的影响，在叙事手法上与前两部小说有着明显的区别。

《沃斯》是现代人探求精神世界、认识自我的一个隐喻，主人公沃斯(Voss)通过远离殖民地进入沙漠，经历重重磨难寻求自我救赎之路[①]。正如沃斯本人所说，"要想实现自我，就必须要毁灭自我"(P. White，1957：38)。沃斯最终死在原住民青年杰基(Jakie)的手里，原住民既是沃斯的毁灭者，也是他的救赎者，将他从"奸诈、卑劣、贪婪、善妒、固执、无知"(P. White，1957：411)的人性弱点中拯救出来。经过血的洗礼，他的灵魂得到净化，永远地留在了这片土地上。这部小说将原住民与白人共同写入了澳大利亚的奠基神话，但是书中对原住民的描写则存在着明显的"原住民主义"倾向，把原住民想象成了与现实社会脱节的远古时代的原始人。小说中有一幕描写了原住民把沃斯写给爱人的信件当成邪恶的魔法而撕毁，而实际上原住民在 18 世纪末英国殖民者来到澳洲大陆时就已经逐渐开始借用英语叙事作为与白人移居者的交流方式了(van Toorn，2006：1)，不可能在历经一个多世纪之后还无法理解文字的含义。《战车乘客》则具有寓言史诗的特点，小说的主角是四个原型人物，老处女、犹太人、原住民画家和帮佣，他们从性别、阶级和种族上遭到社会的歧视，经历了种种不公正的待遇和重重苦难。小说将年轻的澳大利亚比作一辆四轮战车，这四个身份卑贱、被社会边缘化的小说主人公则是战车上的乘客。小说通过将这些社会边缘人写入帝国叙事，来表达对他们悲惨命运的同情和对他们身份的认可，他们所经历的磨难则使他们的灵魂被净化，得到了精神上的救赎。小说叙事恢

---

① 《沃斯》是一部历史小说，基于德国科学家及探险家路德维格·莱卡特(Ludwig Leichhardt，1813－1848)在澳大利亚沙漠腹地的探险经历而创作。

弘,用意识流的手法展现了四位主人公的内心世界,但是这种构建原住民内心世界的叙事手法仍然具有明显的"原住民主义"倾向,剥夺了原住民自我表达的机会,所刻画的原型"尽管富有感染力却被置于真实的世界之外"(Hodge & Mishra,1991:63)。

20世纪60年代以来,原住民争取平等权益及民族自主的运动风起云涌,他们强烈要求自我表达,反对非原住民社会为他们代言,向文学创作提出了非常尖锐的身份政治问题。怀特的第三部描写原住民和白人关系的小说《树叶裙》创作于20世纪70年代后期,尽管小说叙事依然围绕着民族-国家身份认同中的原住民身份问题,但由于受到身份政治问题的影响,在写作手法上不再通过原住民视角直接刻画原住民角色,而是从白人女主人公的视角出发,展现白人主体在与原住民和陌生的自然环境的接触中通过自我反思寻求精神归属的心路历程,并强调原住民文化在其中所起到的救赎作用。小说女主人公埃伦·格鲁亚斯(Ellen Gluyas)通过内心反思,以及在恶劣的自然条件下对原住民生活方式的效仿,从大自然的庇佑中找到了精神上的依托,质疑并批判了欧洲中心主义的宗教文化及等级观念。

该书的故事情节基于伊丽莎·弗雷泽(Eliza Fraser)在澳大利亚的亲身经历而创作,并赋予其新的象征意义。在官方历史的记载中,伊丽莎是詹姆斯·弗雷泽(James Fraser)船长的妻子,她与丈夫所乘的船只"斯特灵堡号"(the Stirling Castle)于1836年在距离现昆士兰州弗雷泽岛(Fraser Island)北部大约几百米的地方撞上了珊瑚礁而沉没①。根据弗雷泽妻子伊丽莎的讲述,船上当时共有18个人,分乘两只小船逃生,其中一只小船在弗雷泽岛的瓦迪角(Wadipt.)靠岸。船上的人在这里被巴吉拉部族(Badtjala)的原住民俘获,他们在岛上被原住民剥光衣

---

① 在怀特的《树叶裙》之前,关于弗雷泽船长夫妇及他们的船只遇险的记载有很多版本,官方叙事主要包括基于弗雷泽夫人1836年返回伦敦之后第一版证词的官方报告和《泰晤士报》的法庭记者约翰·柯蒂斯(John Curtis)基于多个幸存者证人证词所著的《斯特灵堡号沉船事件》(The Shipwreck of the Stirling Castle,1838)。此外,基于伊丽莎·弗雷泽"被俘"经历在各种媒体上刊登的歌谣、故事、宣传单,以及围绕这一事件从人种学、科学、法律角度进行的学术讨论,使这一经历变得更加扑朔迷离,充满了传奇色彩。这些叙述大都基于既定的帝国和殖民权力关系,将白人女性描述为原始野蛮人的无辜受害者,男性化形象的西方殖民主义和从种族和性别角度构建的帝国神话贯穿这些叙事文本。

服,弗雷泽可能死于饥饿,也可能是因为不能搬运木头而被原住民杀害。大约五个星期之后,伊丽莎在一个从殖民地逃跑出来与原住民生活在一起的英国流放犯的帮助下,回到了莫顿湾的殖民者定居地。伊丽莎·弗雷泽的故事对殖民想象有着非同一般的意义,因为这是"白人女性与传统原住民社会的第一次接触,她的'被俘'为初次接触提供了想象空间,她对'原住民'生活和习俗的描述体现了一个优等民族对"低等民族"、文明进步对野蛮状态实行帝国控制的政治意图"(Schaffer,1995:11)。这一事件为从 1969 年到 1976 年之间的各种艺术形式提供了灵感,成为多部戏剧、电影、小说及绘画的主题,也为帕特里克·怀特思索欧洲移居者在澳大利亚的身份归属问题提供了思考契机。

在小说《树叶裙》中,女主人公埃伦·格鲁亚斯是一个英国乡村女孩,与上层社会的奥斯汀·罗克斯伯勒(Austin Roxburgh)先生结婚。奥斯汀是一个病弱、冷漠、压抑情感的男人,对埃伦很少表露激情。与奥斯汀结合之后,在丈夫和婆婆的精心打造下,埃伦脱离了朴实无华的农家女形象,一跃而成为英国上层社会的贵妇人。他们旅行去澳大利亚看望奥斯汀的弟弟加尼特(Garnet),但是在返回途中,船只在范迪门地(Van Diemen's Land)附近遇难,丈夫和其他船员在与当地原住民的冲突中死去,埃伦成为原住民女人的俘虏和奴隶。埃伦在原住民的一个游牧地点巧遇从殖民地逃跑出来的流放犯人杰克·钱斯(Jack Chance),从那以后才摆脱了语言不通的社会孤立状态。他们两人走到一起后,埃伦劝杰克和她一起重返文明社会,但是当杰克把埃伦送到一处农家院落附近时,因对公正不抱希望,也不相信埃伦能够说服官方使他脱离罪责,他又返回了丛林。埃伦虽然最终回到了文明社会,但是她那被社会规约压抑的本我却留在了丛林里。小说以海上航程开篇,又以海上航程结束,这是主人公在精神上实现自我发现的航程,在这个航程中埃伦通过对文明和背叛的思考,探求欧洲白人在澳大利亚这块新大陆上通过对原住民文化和信仰的认可实现了精神上的救赎。

作为历史小说,《树叶裙》再现了 19 世纪 30 年代的澳大利亚社会现实。自 1788 年指挥官菲利普(Arthur Phillip, 1738—1814)率领他的英国舰队在现在的悉尼湾登陆,宣布建立新南威尔士殖民地之后,宗主国英国不断将国内无处安置的囚犯运往澳大利亚这块"偏僻、残忍的流放地"(P. White, 1976: 22)。这些囚犯成为开拓澳大利亚大陆的主要劳动力,他们既会不时地被鞭笞,又要戴着镣铐做苦力。但是,如果他们能够忍受各种非人的折磨,辛苦工作,经过一段时间之后就可以获得赦免,恢复自由。在这些囚犯的开拓下,英国政府的殖民区域在澳大利亚大陆上沿着海岸线不断延伸。小说开篇像戏剧一样有段开场白,场景设置在范迪门地,即现在的塔斯马尼亚岛(Tasmania)。测地员梅瑞维尔(Merivale)先生带着妻子及其朋友斯克林肖(Scrimshaw)小姐在船上为罗克斯伯勒夫妇送行后,坐上了回程的马车。从他们的议论和心理活动中,可以综观当时的澳大利亚社会现实。

梅瑞维尔太太将自己看作是高高在上的贵妇人,虽然不得不追随丈夫从英国来到澳大利亚,但是在她眼里,这里是"地球上最荒凉的角落",她"一想到曾经在烈日炎炎下被一只蜷伏在枯草中的蜥蜴直勾勾地盯着,就满身起鸡皮疙瘩"(P. White, 1976: 10)。她的生活完全脱离了澳大利亚的现实世界,整日隐居在格列博(Glebe)的一处别墅中。在她眼里,"因值得信赖从英国本土被移植过来"的梅瑞维尔先生显然已经适应了当地的生活,他"历经风吹日晒,皮肤晒得如皮革般黝黑,如帆布般粗糙,与他常用的马鞍尤其般配"(P. White, 1976: 10)。梅瑞维尔太太的生活空虚,靠与斯克林肖小姐这样的女人一起编织他人的闲言过活。两个女人既势利又虚伪,在马车上议论的话题是在船上见到的罗克斯伯勒太太。尽管梅瑞维尔先生对罗克斯伯勒夫人大加赞赏,说她"美得像一幅画",而梅瑞维尔太太却"总是着眼于物质的东西",只夸赞罗克斯伯勒夫人的披肩"美得出奇"(P. White, 1976: 16),而斯克林肖小姐则对罗克斯伯勒夫人的出身表示不屑,认为她空有其表,"缺乏内在的东西"(P. White, 1976: 17)。梅瑞维尔太太和斯克林肖小姐是追求虚荣外表、歧视平民的英国上层社会的代表人物,她们的价值观与澳大利亚这块新大陆显得格格不入。而作为土地测绘员的梅瑞维尔先生则代表着已经适应了新大陆环境的欧洲白人,他的价值观也发生了相应变化。他摒弃了欧洲上层社会泾渭分明的阶级意识,能够欣赏罗克斯伯勒夫人身上所展现出的自然美,并与刑满释放的迪兰尼成为朋友。

　　斯克林肖小姐在小说中担当着一个非常特殊的角色,她作为一位"女预言家",指出罗克斯伯勒夫人身上存在一种不安分因素,认为"她是一个谜"(P. White,1976:17),虽然看似"一张白纸,呵口气却能显露出隐形的文字"(P. White,1976:20),给人的感觉是"她在生活中某些最根本的方面被欺骗,并为此做好了随时受苦的准备"(P. White,1976:21)。结果斯克林肖小姐一语成谶,罗克斯伯勒夫人,也就是小说的女主人公(埃伦·格鲁亚斯是她出嫁前的闺名),即将面临人生的严峻考验。而斯克林肖小姐本人则像是戏剧开场的报幕人,她以先知的身份为小说叙事预设了悬念,却又不能参与其中,到了曲终人散落幕之时,读者才会再次看到她的身影。

　　故事开篇不久,代表另一个澳大利亚社会阶层的典型人物进入了我们的视野。爱尔兰人迪兰尼曾是个犯人,刑满释放后"靠着不知什么有利可图的勾当"(P. White,1976:18)发迹,成了当地的一位富翁。梅瑞维尔先生与迪兰尼打得火热,决定在回程中绕道拜访,拿上迪兰尼许诺给他的在农家得来的一条猪腿。而马车上的梅瑞维尔太太和斯克林肖小姐则对迪兰尼的出身非常不屑,拒绝下车到他家里做客。在迪兰尼将梅瑞维尔先生送上马车时,在他的眼里,"油光水滑"的梅瑞维尔太太和"精瘦奸诈"的斯克林肖小姐"永远不会允许他步入她们的世界"。但是,迪兰尼却"偏要把她们当作是他那个世界的成员",他故作不知地大声与她们开着玩笑,这种"公然蔑视传统"的挑衅使两个女人非常恼火(P. White,1976:22)。听到斯克林肖小姐将要到莫顿湾的司令官家里给司令官夫人当随身护理,"没有足够的自制力约束人性之恶"的迪兰尼"忍不住撩拨面前两只笨鸟竖起来的羽毛","满脸诡诈"地谈起莫顿湾的牧羊人与当地原住民的冲突,并描述了牧羊人被原住民开肠破肚、砍去一条腿的惨象。在他们眼里,生活在丛林里的原住民就是"讨厌的野蛮人"(P. White,1976:22),是低等的人类,完全被排除在他们的世界之外。尽管迪兰尼遭到代表英国上层社会的梅瑞维尔太太和斯克林肖小姐的歧视,被看作是英国社会下层的边缘人,他本人的观点却与以欧洲为中心的帝国叙事形成共谋,他的态度代表了那一历史时期殖民地白人对原住民的刻板化印象和殖民叙事体现出的白人身份霸权。

至此,开拓者、流放犯和原住民,澳大利亚奠基叙事中的三个核心角色在小说中一一登场。善于戏剧创作的帕特里克·怀特堪称是艺术大师,上述情节尽管只有寥寥数语,却让人对当时的澳大利亚社会现实一目了然,清晰地再现了当时英国社会尊卑分明的阶级意识与新大陆定居者的价值观之间产生的冲突。女主人公虽然还未登场,其形象却已通过三人的对话深深植入了读者脑海之中。正如梅瑞维尔先生所说的,"不知道罗克斯伯勒夫人面对苦难会做出什么样的反应"(P. White,1976:24),复杂的澳大利亚社会现实为白人女主人公埃伦·格鲁亚斯(以伊丽莎·弗雷泽为原型)的坎坷经历做好了铺垫。怀特意图通过埃伦远离殖民者的文明理性社会、在原住民部族里求取生存这一经历来挑战殖民叙事中种族和阶级的界限,通过展现埃伦的精神世界,反思殖民者对原住民狭隘的种族偏见,解构殖民叙事中的白人身份霸权。

《树叶裙》借助文学想象,通过再现伊丽莎·弗雷泽被原住民俘获又回到白人中间的历史事件,探讨澳大利亚的民族身份问题,寻求脱离欧洲文化禁锢的自由之路。小说中处处彰显着传统欧洲文化与澳大利亚大陆的格格不入,阶级意识和等级偏见对人性的禁锢都束缚了澳大利亚作为一个独立民族-国家的身份建构。埃伦身上散发出的蓬勃生机和适应能力与其丈夫的羸弱压抑、悲观逃避形成了鲜明对比,象征着欧洲文化在澳大利亚大陆的不适用性,欧洲大陆的宗教信仰在大自然面前也显得苍白无力。在小说中,对白人身份的反思与批判是叙事的主线,两个英国白人女性代表了上层社会歧视社会底层人、追求虚荣的阶级本质。她们从小说叙事中的退场,也代表着阶级意识分明的宗主国文化价值观的退场:"马车上的乘客在颠簸中融入了越来越浓的暮色,最终,就像说完开场白的配角演员一样,退到了舞台的边厢"(P. White,1976:24)。

小说中的女主人公埃伦·格鲁亚斯代表着19世纪30年代英国社会中的皮格马利翁。埃伦在英国乡村的自然环境中长大,本是一个粗鲁、不懂礼节的农家姑娘,嫁给来自上层社会的奥斯汀·罗克斯伯勒先生之后,在丈夫和婆婆的悉心调教下,她学会了压抑自然的天性和内心的情感,从而变身为受人尊重的上层社会的贵妇人,成为身体羸弱、性格抑郁的罗克斯伯勒先生的得意作品。然而,丈夫和婆婆虚伪的宗教道德说教像枷锁一样禁锢着埃伦的心灵,使她变成一个压抑天性、没有灵魂的玩偶,而在澳大利亚大陆的痛苦遭遇使她有机会恢复自然本性。通过褪去象征欧洲社会体制的层层外衣,从原住民身上学得生存技能,并从自然中寻求力量和抚慰,埃伦得到了精神上的救赎。

　　一场海难使得罗克斯伯勒夫妇所乘坐的船只沉没,丈夫在与原住民的冲突中身亡,埃伦也沦为原住民女人的俘虏。面对这个"仿佛超自然存在的生物",原住民女人感到惊奇和胆怯。在逐渐平静下来后,她们开始向她投掷沙子、揪拽她的头发、抢夺她的戒指,并把她身上的外衣一件件撕扯掉,直到埃伦"得到了彻底的解放"(P. White, 1976:243-244)。强加在埃伦身上的代表英国上层社会的道德说教和阶级意识压抑了她的自然天性,只有通过剥除束缚她的层层外衣,才能使她得以解脱。然后,原住民女人又开始进一步在赤身裸体的埃伦身上实施她们的改造工程。她们先是用手揪拽、用贝壳乱砍她的头发,然后弄来腐臭的动物脂肪在她的身上涂抹,继而"又满脸厌恶地将炭揉进她那让人感到羞耻的白色皮肤里"。她们把蜂蜜涂在她流血的头皮上,一位年长的妇女把一束束羽毛插到她的蜂蜜头盔上。最后,"原住民女人看着自己的工艺作品发出了温柔的赞叹声"(P. White, 1976:251)。在原住民女人的努力下,埃伦的外貌发生了翻天覆地的变化。如果说剥除层层外衣象征着埃伦从欧洲文化规约中解脱出来,那么砍短头发、插上头饰并且抹黑皮肤的过程则抹杀了埃伦身体中从"转喻角度代表的所有'可见的'差异表征"(Ashcroft et al, 1995:321),使她成为原住民女人中的一员。

　　尽管埃伦对于这一系列原住民女人强加在自己身上的"表演性行为"(Butler, 1993)只能被动地接受,身体现实的改变却为她心理上和精神上的转变奠定了基础。当她身上虚伪的文明外衣被原住民女人剥光,从外貌上与原住民女人形成认同之后,她身上农家女孩的天性又逐渐显现出来。虽然原住民女人对她身体的摧残使她痛苦不堪,她却从大自然中找到了慰藉,"无法对四周美丽的自然环境无动于衷"(P. White, 1976:246)。对自然界万物生来就有的亲切感使她认识到"岩石是她的圣坛,泉水则是她的圣餐",尽管在这块"为折磨人类而专门设计的土地"上,"土地的精灵不属于她","她对它们没有招之即来的魔力",自然界万物却能带来"一种让她如痴如醉的宁静感"(P. White, 1976:258)。埃伦通过适应原住民的生活习惯,重新建立了与自然界的联系,在自然环境中得到了精神上的抚慰,"脚下踏着的野草和行进时擦肩而过的灌木散发出一股清新的露水香味",这使她对原住民的"厌恶和反感有所减轻"(P. White, 1976:252)。同时,她开始以欣赏的眼光重新审视原住民,发现他们与自然美景相得益彰,生活得有尊严,并且充满了生机和活力:"暮霭的余光把黑人的体形抚弄得雍容高贵,给这个尘土飞扬乱七八糟的营地增添了生动的图案"(P. White, 1976:247)。埃伦的视角与前面迪兰尼以高高在上的殖民者视角将原住民描述为残忍可憎的野蛮人形成了鲜明对比,当两种叙事版本并置在一起,它们之间的张力使小说变成了反思白人身份的叙事战场。

埃伦的变化并没有停留在外貌上,随着小说叙事的展开,她逐渐融入了原住民女人的日常生活,并开始学习各种生存技能。作为原住民女人的战利品和俘虏,埃伦要像她们的佣人一样承担各种劳动,比如帮助一个比较有权威的原住民女人照看满身脓疮、奄奄一息的孩子,在不停迁徙营地的途中背负最沉重的包裹。同时,她也开始跟原住民女人学习丛林求生的本领。开始,看到原住民女人寻找可食用植物根茎时"在坚硬的土地上兜兜转转",埃伦感觉"像走迷宫一样",但"在经验和科学的指导下,她们几乎总能取得成功",而埃伦"在地上瞎捅半天,却大多一无所获","灼烧着肩膀的烈日"使埃伦"渐渐地开始憎恨起这块又灰又硬上面长着一撮撮半死不活却又坚硬如铁丝般野草的土地"。然而,"经过在一块块土地上反复挖掘的尝试,她意识到自己掘'土豆'的技术竟在慢慢地提高"(P. White, 1976:253)。不仅如此,埃伦还在一群原住民的逼迫下练就了上树捉负鼠、掏鸟蛋、找蜂蜜,下水挖莲藕的本领,从一开始的"一个白人,一个窝囊废,一个伫立着被这群鄙夷不屑的黑人团团包围的文明女士"(P. White，1976：263)变成了一个彻头彻尾的原住民女人。这些技能在她的体内深深地扎了根，变成了一种本能的习惯。在杰克·钱斯带着埃伦从原住民部落逃离的路上，她不自觉地跳入水中去挖掘莲藕，又因脑海里不时浮现捉负鼠和掏鸟蛋的经历而敏捷地爬上了一棵大树，尽管这时已经没有原住民在下面逼迫她，这些生存本领却已经内化成了她的本能，或者也可以说激发了她体内原本受到压抑的农家女孩的天性。这些经历已经刻入了埃伦的灵魂深处，在重返文明社会恢复贵妇人身份之后，她会经常"为自己的慵懒受到一阵阵良心上的谴责"。即使在睡梦中，都会时常"因为没有加入寻找甘薯或劈蕨茎的行列中，害怕马上招致手掐或责打，而突然从无精打采的状态中惊醒过来"(P. White，1976：360 - 361)。根据早期的殖民历史档案记载，在欧洲移居者的眼里，原住民是令人厌憎和受到鄙视的"他者"，他们是"一个低等、野蛮、奸诈的种族……是地球上最为低劣的种族。他们是肮脏、懒惰的……人类物种"。① 而在埃伦眼里却刚好相反，原住民在丛林中为了生存奔波忙碌，他们的生活方式积极而有意义，反而是重返白人社会之后她的无所事事才是真正的懒惰，让她感到了自责。这是对背叛自然天性的一种忏悔，也突显了基于种族主义歧视思想的殖民历史叙事的意识形态建构特性。

在丛林中，自然界的壮美图景与人类生命的渺小脆弱形成鲜明的对比，英国上层社会的道德说教让位于自然界的生存法则。丈夫的死切断了埃伦与欧洲上层社会的联系纽带，她的精神信仰也面临着危机，她发现自己崇拜的"至高无上的存在"不过是"机械地照搬照抄了罗克斯巴勒家的万军之主"(P. White，1976：248)。埃伦的心灵长期受到英国社会道德说教的禁锢，在身体刚刚解开束缚时，精神上还处于一种茫然无依的状态，婆婆和丈夫所信奉的"万军之主"和欧洲社会各种虚伪的繁文缛节在残酷的生活现实面前也失去了约束力。与原住民共同

---

① 摘自一位英国移居者卡特拉克(Cutlack)对欧洲白人与原住民初次接触时的记载(A. J. Cutlack, 1875, *Four Years in Queensland and New South Wales*)，转引自 Evans, Raymond, 2003, "Across the Queensland Frontier," in Attwood, Bain & S. G. Foster (eds.), *Frontier Conflict: The Australian Experience*, Canberra: National Museum of Australia，第 63 页。

生活一段时间之后,埃伦从渐渐熟悉的原住民宗教仪式中找到了精神依托,"原住民的恸哭"帮她铲除了"身上一些比较难缠的幽灵"(P. White,1976:249)。

同时,埃伦还对共同生活的原住民女人产生了身份认同感。如果说原住民是受到白人殖民者歧视的社会边缘人,那么原住民女性则遭受着双重的苦难。在小说中,她们与高高在上的原住民男性相比,总是无精打采、垂头丧气。为了争得男人的宠爱而大打出手,甚至因此丧命,而原住民男人却如看客般无动于衷。吃饭时,她们只能看着享有特权的男人们狼吞虎咽,等着他们扔过来一点儿残羹冷炙。埃伦作为这些原住民女人的俘虏和奴隶,苦难则更深一层,地位更为低贱卑微。然而,面对殖民地司令官的讯问,埃伦却毫不避讳地谈起她在丛林中与原住民女人在一起时的经历:"人们指望女人做的一切我都参加了。表演舞蹈的是男人。女人们只是唱着单调的歌,拍着大腿给男人伴奏。噢,对了,我也这样做了,因为我是她们中的一员"(P. White,1976:364)。在埃伦眼里,白人社会的等级歧视和虚伪的道德说教带来的精神束缚,远比在丛林中身体所忍受的痛苦要可怕得多。在她逃离丛林、回到所谓文明社会的一刹那,恨不得"四周的墙在某个时刻向她开启",那样"她也许会转身跑回丛林,宁可选择她已熟知的危险和赤身裸体的生活,也不愿在人前遮羞蒙耻"(P. White,1976:392)。尽管埃伦希望逃离丛林中的原住民部落,她对虚伪的文明社会却不抱任何信心。在她看来,她和杰克·常斯是"从一座地狱逃向一个最后或许会比地狱更糟糕的地方"(P. White,1976:332),这是对殖民叙事中欧洲中心主义的文明价值观的质疑和颠覆。19世纪的各种媒体报道和官方记载,都将欧洲的文明进步观看作判断种族优劣的标准,把原住民描述成原始的野蛮人,他们对大英帝国和澳大利亚的殖民地建设构成了威胁。

在埃伦身上发生的,从外貌形态到生存方式,再到内心世界的转变,作为一种反叙事手法,带有一种跨疆界性,具备"潜在的、富有创造力"的"生成少数"(becoming the minoritarian)的力量,与主流叙事形成对抗。这"能够引发不可控的机制,使主体解域化"(Deleuze & Guattari,1987:105 - 106),成为对抗和解构殖民历史叙事中白人身份霸权的有力武器。埃伦只有以这种"卑贱"(Kristeva，1982)的身份经历过痛苦和磨难，才能激发出她天然的生存欲望，从自然界和原住民的信仰及宗教仪式中获得精神上的抚慰和无限的力量，使她摒弃华而不实的、束缚人性的欧洲上层社会的价值观，摆脱强加在她身上的阶级意识和宗教枷锁，从虚伪的道德说教中解脱。

　　尽管在小说最后，埃伦重新回到了代表西方文明社会的殖民开拓地，她在丛林中对原住民和流放犯杰克·常斯所产生的身份认同感使她能够站在客观的立场上，审视阶级分化鲜明的英国社会制度。在司令官问及原住民怎样对待白人时，她为原住民杀害罗克斯巴勒先生和船员进行辩护："他们并非不友善——毕竟是我们先朝他们开枪的"(P. White，1976：363)。埃伦在丛林中与逃跑的流放犯杰克·常斯达到了灵与肉的结合，对在殖民地处于社会底层、失去自由的流放犯人产生了一种身份认同感。对殖民地所谓的文明世界的回归也象征着埃伦对丛林世界所代表的自然天性和爱人杰克·常斯的背叛，这种背叛使她受到了良心的谴责。当她在清晨外出散步的路上，听到殖民地士兵押解着一群男犯人向她走来时，"一种魔鬼般的欲望让她想再次参与她在苦难经历中早已知晓的一切，她像生了根一样站在这些男人要经过的道路上"(P. White，1976：370)。尽管这群久未接触过女性的男犯人在见到埃伦之后"诅咒、下流话、狂笑和一股股无法得到满足的欲望倾泻而下"，埃伦却"在一阵可怕的骚动之中与这群乌合之众融为一体"(P. White，1976：370)。埃伦选择与这些犯人亲密接触，并承受他们的谩骂和羞辱，是对自己背叛自由天性的一种自我惩戒。

　　小说中白人角色的"食人"行为打破了"文明"与"野蛮"的二元对立。原住民部落中两个年轻女人因争夺男性宠爱而大打出手，其中一个女人因此丧命。部落人为她举行葬礼时禁止埃伦参加，但是她在清晨散步时，无意间撞上了刚刚举行完仪式的原住民，看到他们像"刚刚走出教堂的礼拜者"一样，"脸上一副被主宽恕、怡然温和的表情"，"一心想与这些单纯的野蛮人分享这份不曾期望的精神体验"的埃伦却发现地上有一张黑色的人皮(P. White，1976：271)。埃伦先是站在高高在上的欧洲文明人的立场上，对原住民的这种食人行为进行评判，"她不清楚自己是感到恐惧还是惊奇,是厌恶还是对这些挨饿又愚昧的野蛮人,也是她的主人,生出了某种怜悯之情"。然而,就在这时,她突然看到了不知从哪个原住民女人包里掉出的一根大腿骨,"她弯腰把它拾了起来,这可怕的东西上面还连着一两片半生不熟的肉和一些烧焦了的脂肪"。接下来,埃伦竟然"把骨头打扫得干干净净之后才把它扔掉,然后跟在她这些吃人肉的导师后面"(P. White, 1976:272)。当埃伦回想起自己的所作所为时,尽管有些恶心,但更多的却是"为自己竟然会这样做感到震惊"。然而,在格外清静、万籁俱寂的森林里,在单调的笛声中,埃伦却"不由得相信自己参加了圣餐仪式",尽管"按照基督教的道德标准,她永远不能再想这件事"(P. White, 1976:272)。在这次沉船事故中,除了埃伦之外还有一位幸存者——船上的二副皮尔彻(Pilcher),他最终也回到了定居地。在司令官安排的埃伦和皮尔彻的单独会面中,皮尔彻闪烁其词地说,当他和其他几个乘舢板漂流的船员靠岸后,由于食物短缺,其中有些人被其他人吃掉。尽管他没有承认自己也参与其中,但却表现得烦躁不安。两个经受过人性之恶洗礼的人内心波涛汹涌,都无法正视对方的眼睛。当然,这里仍然有对原住民文化不了解的臆断和对食人场景的想象,但是怀特却避开描写原住民,而是反思白人身份自身存在的问题。白人在那样恶劣的条件下为了生存,也会做出同样的选择,或者表现出同样的倾向。野蛮和文明之间的界限被消解,欧洲白人自恃高人一等的种族优越感不复存在了。只有亲身经历过同样的苦难,才能平视另一个种族和文化,这是澳大利亚作为民族-国家寻求身份认同的寓言式解读。

把文学作品纳入更为广阔的历史和文化视域中进行思考,更能体现其现实和社会意义。对于像澳大利亚这样的新兴国家,为了满足自身的精神需求,"迫切需要不断地进行自我定位"(Vanden Driesen, 2009:iii)。如果说埃伦选择逃离原住民部族回到殖民地是历史的必然结局,那么作家帕特里克·怀特借助文学想象对殖民时期发生的历史事件的重新阐释,则是向读者展现了一种可能性,甚至是一种必要性。怀特的作品成功地"把握了不同历史、文化和景观相互交错的澳大利亚空间的精髓之处"(Bhattacharya, 2015:120),通过探求与原住民的关

系,对澳大利亚民族-国家身份进行了思考和书写,融合了原住民主题
的小说也成为澳大利亚文学彰显地方特色、摆脱宗主国附庸身份的重
要表达载体。通过描述女主人公埃伦与原住民共同生活的经历,作者
想要表明:要构建澳大利亚的民族-国家身份,原住民身份是必备的,原
住民文化和信仰可以为新的民族身份提供精神源泉,原住民与自然界
的密切关系和他们身上展现的适应能力都是在澳大利亚构建民族-国
家身份的过程中不可或缺的因素。

2.3 《忆巴比伦》:跨越语言藩篱

　　继帕特里克·怀特的《树叶裙》之后,大卫·马洛夫的《忆巴比伦》
是另一部反思白人主体,探讨白人与原住民的主体性疆界的小说。如
果说在怀特创作《树叶裙》的 20 世纪 70 年代,原住民争取平等权益的
运动尚在初期阶段的话,经过二十年左右的斗争,到了 20 世纪 90 年
代,这一运动则进入了高潮时期。1992 年,澳大利亚的最高法院通过了
马博裁决(the Mabo decision)①,在澳大利亚历史上首次承认这块大陆
在 1788 年英国皇家第一舰队到达植物学湾时不是"无主之地"(terra
nullius),"当詹姆斯·库克代表大英帝国宣布对这块大陆的所有权时,
原住民对土地的所有权并没有自动消除"(Brittan,2002:1159)。这一
裁决承认了原住民在澳大利亚大陆已居住了几万年的事实,代表着被
压迫民族的回归,使得以欧洲白人文化为核心的伦理道德标准面临着
严重的挑战。澳大利亚要确立统一的国家身份,"急需一整套最基本的
概念原型作隐喻,来重新认识自身,思考存在的意义"(Brady,1994b:
94)。这个时期里,白人作家纷纷借助文学想象来思考欧洲殖民者与澳
大利亚原住民之间达成和解的可能性。在这些文学作品中,大卫·马
洛夫的《忆巴比伦》非常有代表性,可算作"同时期关于白人与原住民和

---

　　① 关于马博裁决的介绍及其影响,可参见本书第 1 章注解及 Attwood, Bain, 1996a, *In the Age of Mabo: History, Aborigines and Australia*, St. Leonards, N. S. W.: Allen & Unwin.

解题材小说中最负盛名的一部"(Barker, 2002: 106)。该书出版于1993年,1995年获布克奖提名,并于1996年获都柏林文学奖。

在怀特的《树叶裙》中,小说主人公埃伦因为只在原住民中间生活了三个月左右的时间,只能借助动作和表情做最基本的交流。对原住民身份的诠释只是停留在女主人公埃伦对原住民女性的生活习惯的模仿上。在欧洲大陆时,她的本性被压抑,而把原住民信仰当作脱离欧洲文化禁锢、寻求精神救赎的手段。小说主人公与原住民之间语言不通,没有深层次的接触,对原住民文化的理解非常肤浅。而且她所代表的白人本土化过程是痛苦的,是以丧失为代价的:失去丈夫,失去一切赖以依存、象征欧洲文明的标志,包括衣服、头发,甚至连埃伦精心保存的结婚戒指也在最后一刻遗失。尽管原住民信仰是获取精神救赎的一种方式,现实中的埃伦最终却仍然选择了逃离和背叛。而在《忆巴比伦》中,主人公盖米(Gemmy)则在原住民中间生活了17年之久,与原住民达到了更深层次的交流,从语言到思维习惯都发生了不可逆转的变化。他最后选择回归原住民部落也是完全自愿、出于本心的,定居地农民狭隘的世界观是盖米实现自我认同的障碍。盖米的离去并不是故事的终结,他在定居地的出现改变了定居地农民的世界观,尤其是改变了两个孩子的生活,他们代表着在定居地长大的移居者后代。

《忆巴比伦》的主人公盖米·费尔利的历史原型是詹姆斯·莫里尔(1824—1865,James Morrill,另有历史档案记录为JamesMorrell),他是澳大利亚历史上与昆士兰原住民共同居住过的欧洲人之一。与其他大多数人不同,他不是逃跑的流放犯,而是海难中幸存下来的船员。据记载,1846年2月27日,一艘从悉尼出发去上海的名为"秘鲁号"的三桅帆船,因遭遇龙卷风在大堡礁附近的马蹄礁触礁沉没。当时莫里尔是船上木匠的副手,包括他在内的22人乘小艇逃生,在海上漂流了22天之后,最终只有五人活着在鲍灵格林海角(Cape Bowling Green)上岸。其中一人划着在岸边找到的原住民树皮船去求援,但却一去不返;其他四人被当地原住民发现后,一个学徒工未能坚持多久即死去,最后只剩下船长皮特凯思立(Pitkethley)夫妇和莫里尔。他们三人被当地的原住民部族收留,很快便完全适应了原住民的生活。船长夫妇两年内相继去世,莫里尔与原住民共同生活了 17 年,他的主要活动范围在艾略特山(Mount Elliot)上以及布莱克河(Black River)和柏德肯河(Burdekin River)交界的区域。但是他发现自己的木匠工艺在原住民那里完全失去了价值,所以一直寻找机会希望回到白人的世界。北昆士兰地区开始建立牧场以后,莫里尔的愿望得以达成。1863 年 1 月,当他和原住民一起猎捕袋鼠时,来到了一个畜牧场边上。他尽可能把自己清洗干净,克服羞怯,走到两个养羊工人面前,结结巴巴地说,"伙计,不要开枪,我是一个英国人"①。最终大家确认他为白人,原住民很不情愿地让他回归白人社会。此后,莫里尔利用对原住民的了解和与原住民一起生活的经验,充当双方的调解人和翻译,也为拓荒者和探险者们提供了很多环境和季节变换方面的知识。但由于长年与原住民一起风餐露宿地生活,他的身体健康受到了严重损害,于 1865 年在鲍恩(Bowen)去世。他死后,原住民从各处长途跋涉来为他举行了葬礼②。

　　在《忆巴比伦》里,大卫·马洛夫借助莫里尔回归白人社会那一刻说出的一句话——"我是一个英国人",重新建构了 19 世纪中期澳大利亚的社会现实。小说的背景与历史原型人物所处的时空一样,设置在 19 世纪 40 年代中期昆士兰边疆地区的英国殖民者定居地。小说一开始,定居地的三个农家孩子,珍妮特·麦基弗和妹妹以及她们的表兄弟拉克伦·贝蒂(Lachlan Beattie),在篱笆边缘玩俄罗斯士兵猎狼的游戏,随后与一个"白人原住民"(white blackfella)不期而遇。在小狗和步枪(实际上是一根树枝)的威逼下,"白人原住民"成了他们的俘虏,被带到定居地农民的面前。根据"白人原住民"有限的几个英语单词,加上各种肢体语言的表述,这些农民大致猜到一些"白人原住民"的身世。他是一个孤儿,十二三岁时被途经附近的一只船扔到海里。原住民将他救起后,他在原住民部族里一直生活了 16 年③。定居地农民根据他

---

　　① 英文原文为 object(物体),莫里尔可能想要表达的是 subject(臣民)一词,但由于长时间与原住民一起生活,英语已经变得生疏,所以用词不当。

　　② 关于莫里尔的生平介绍,请参见 G. C. Bolton, 1967, "Morrill, James (1824 - 1865)," in *Australian Dictionary of Biography*, *Volume 2*, *Melbourne University Press*.

　　③ 在小说中,主人公盖米在原住民部落生活的时间是 16 年,与历史记载的 17 年有出入。

模糊不清的英语,称他为盖米。他的到来在白人定居者中间先是引起了一阵"嘈杂的狂欢"(Malouf,1993:10),他们都兴奋地参与到猜测他经历的"游戏"当中。但当游戏结束,取而代之的则是一种不安和恐惧的情绪。他们无法忍受与原住民心意相通的盖米留在他们中间,这威胁到他们本就已经岌岌可危的身份,作为生活在几乎被世界遗忘的角落里的殖民地居民,原住民的存在使他们的身份合法性受到了挑战。他们开始怀疑盖米,恶意袭击盖米,内部也开始出现矛盾。

《忆巴比伦》一开篇,就是被完全原住民化的盖米重返白人社会这非常戏剧化的一幕。盖米在狗的狂吠声中,蹿上了建在英国殖民者定居地边缘地带的篱笆墙,骑在上面不停地摇摆:"很长一段时间他就那样悬在围栏上,他的脚趾拼命地勾住篱笆,双臂张开以保持平衡,头顶云层翻滚,苍穹压身,一侧是沼泽和森林,另一侧则是一片片刚开垦的空地,整个大地就这样在他的面前旋转了一圈"(Malouf,1993:33)。这道篱笆墙,即象征着英国殖民者和原住民之间不可逾越的那道屏障。篱笆墙的一侧,是定居地农民刚刚开垦出来的空地,另一侧则是大片沼泽、山峦和丛林。盖米骑在篱笆墙上摇摆的状态,象征着两个世界之间可能通过他的双重身份架设起一座沟通的桥梁,大地的旋转则代表着两个世界之间可以融合,界限可以跨越。在整部小说里,语言都被赋予了强大的力量,盖米因为同时知晓两个世界的语言,而具有了一种间性身份,他身上的不确定因素模糊了定居地白人和原住民之间的界限,具有一种潜在的沟通作用。

尽管根据历史记载,流落到原住民部落的莫里尔是一个成年水手,马洛夫却有意将主人公盖米被原住民部落救起时的年龄改为十二三岁,因为处于这个年龄段的盖米"有着孩子的快速接受能力以及街头流浪儿善于模仿的天分"(Malouf,1993:25-26)。一方面,他的求知欲和学习语言的速度让原住民都感到惊诧,"他天生的机敏劲儿,再加上后天经受过更艰苦的考验",使他很快就融入了原住民社会,"尽管开始他因身处荒僻之地而有戒备心理,但发现与他以前的世界根本上并无多大不同"(Malouf,1993:26)。另一方面,也正是由于"年龄小,可塑性强","新的语言从唇间涌出之时,旧的语言也就被抛在了脑后"。因为他原本就是个孤儿,从小就在伦敦街头流浪,不过就学会几百个最为实用的单词,主要是"为了填饱肚皮或者保住小命",大多数单词他都说得结结巴巴,这些词逐渐"滑出了他的掌握","同时这些词语所代表的实物,以及悬在串连这些词语的那根细线上的世界也一起淡出了他的生活"(Malouf, 1993: 26 - 27)。由此可以看出,语言与身份是密不可分的,盖米在学习原住民语言、融入原住民社会的同时,身份和世界观也得以重塑。

　　白人社会对盖米产生的影响在逐渐淡去,但并没有完全消失,过去生活中的某个物体会不时地浮现在他的脑海里,这些东西的形象若即若离,干扰着他的生活。"他能感觉到自己的手抓着茶缸或者鼻子闻到沾着污渍的皮革,却记不起称呼这些东西的词语,当他想从脑海中抓住它们时,这些物体也消失不见了"。这使他产生了一种失落的情绪,"一种类似饥饿的悲哀,但这种感受不是来自肚皮,而是发自他的内心"(Malouf, 1993: 27)。与此同时,原住民部族尽管逐渐接受了盖米,却"带着戒备心理",他们觉得他"又滑稽,又有点儿可怕",把他当成一种"半人半精灵的中间存在"(Malouf, 1993: 28)。尽管原住民内部有很多的规矩和戒律,但有些却是专为盖米所设,而这种对待使他"感到孤立",对自己的身份产生了怀疑。他原来世界中的词汇也会化身为"怪物"或"精灵",不断在睡梦中折磨、困扰着他。这一切在盖米的心中形成了一个谜团,他在等待机会解开这个谜。所以当盖米听原住民说起南边有"白皮肤的幽灵,从头到脚都裹在树皮里,还骑着比人还高的四腿生物时",他"心里不安分起来,他一心想看看这些幽灵的样子,变得寝食难安"(Malouf, 1993: 29)。正是这些被盖米称为"怪物"或"幽灵"的词语在作怪,才促使他来到定居地农民所竖起的篱笆墙边,并在那里连续逡巡多日。到了晚上,他会悄悄爬到茅屋的窗台下面,聆听从里面传出来的声音。尽管能偶尔听到一两个词语,他根本搞不懂其中的含义,但是那"嘶嘶""嗡嗡"的音调却是他熟悉的。

　　盖米在狗吠和猎枪(树枝)的双重威慑下,一句结结巴巴的英语脱口而出:"不要开枪。我是一个英……英……英国的物体(object)"(Malouf, 1993: 3)。话一出口,盖米自己都"震惊不已",这是"他体内的那个怪物或者精灵发出的声音","那些词语一直蛰居在那里,当从他口中喊出时,背叛了他"(Malouf,1993:33)。在马洛夫看来,盖米将"臣民"说成"物体",有着深刻的寓意,它代表着当时定居地农民被大英帝国抛弃的身份现状。罗伯特·休斯(Robert Hughes)在《致命的海岸》(*The Fatal Shore*)一书中指出,流放犯们将从英国迁到澳大利亚的定居者称为"自由的物体"(Malouf,1993:237)。"物体"一词本来是经常用来指称这些流放犯的,不仅仅是因为大多数自由民厌恶他们,而且更为准确地说,是因为在法律上,他们已经不再是英国臣民,而成了皇家的人力财产。流放犯们在这个词语前面加上"自由"二字,用来称呼这些不戴镣铐的农民,是反讽他们也是被大英帝国抛弃的、无法享有臣民权利的、殖民开拓的工具而已。这个词语在盖米乞求慈悲时从他口中说出,"使人想起那一历史时期流放犯的行话,结结巴巴的表达则代表着在19世纪中期的昆士兰边疆地区和20世纪末期的昆士兰名字及物体之间建立关联的重要性和脆弱性"(Brittan,2002:1159)。

因此,对于定居地的农民而言,盖米身上的杂糅性和不确定性对他们的身份归属造成了莫大的威胁。他们远离帝国中心、来到世界的边缘地带,已经处于双重的身份危机之中。一方面,陌生的环境让他们感到孤立、恐惧,每当夜深人静之时,听着陌生环境中动物穿行在灌木丛中的声音、树皮剥落的声音,以及"从更远处传来的一些辨别不出来的更大的响声","那都是在这片土地上发生的事情","在它的历史上"没有这些定居地农民的存在,他们"有一种非常强烈的要被这片土地吞没、被深深掩埋的失落感"(Malouf,1993:9)。另一方面,他们作为"自由的物体",无法像帝国中心的英国臣民那样享受或行使自己的权利,与帝国中心几乎失去了关联。他们以命名的方式来宣告与帝国中心的联系,他们所居之处的道路因为没有名字,所以"不能称为街道",离他们最近的已被命名的地方是12英里外的鲍恩,"而这12英里的距离就意味着他们与鲍恩之间只能勉强扯上点儿关系,跟鲍恩背后那个身穿制服给它命名的人根本搭不上边儿,更别提他所代表的将整个大陆收于掌握之中的皇室了。"(Malouf,1993:5)这些农民自身的身份已经游离在代表"文明进步"和西方霸权的帝国边缘,使他们形成了仇视原住民的狭隘世界观。他们力图通过排斥原住民,建立起强烈的疆界意识,并将其作为稳定身份的救命稻草。

盖米的出现使这些农民本已脆弱不堪的身份更加岌岌可危。如果说这些定居地农民远离帝国中心、身份游离在西方文明的边缘地带,那么盖米在他们眼里则已经深深陷入了原住民所代表的蛮荒和原始世界而无法自拔。从外表上看,除了他的头发和三个孩子一样也是"那种被阳光暴晒后的浅黄色"(Malouf,1993:3),已经几乎分辨不出是一个白人。在这些农民眼里,与原住民 16 年同吃同住的生活,已经把盖米彻底同化,从他的五官到走路的姿势都酷似原住民,有着"黑人那种饥不果腹的眼神",身上还"带着沼泽地死水的味道"(Malouf,1993:3)。盖米身上的这些变化在他们看来是不可逆转的,无法再重新变回白人,他就像是"一个出了错的仿制品",身上的一切都变成了"对白人的戏仿"(Malouf,1993:39),他与原住民的这种关联让这些农民感到焦躁不安。盖米的存在"使一切都显得愚蠢,都受到了质疑"(Malouf,1993:39)。他们觉得自己的身份也出现了问题,他们自认为可以在文明进步的阶梯上俯视原住民,自以为他们已经与野蛮、黑暗的原始世界划清了界限。但在与盖米面对面的刹那间,一切都被颠覆,这些农民陷入深深的恐惧之中。这种恐惧"不仅仅是因为他身上所带的味道与你身上的汗味融合在一起,那是来自你内心深处的已经快被遗忘的沼泽世界的味道,而且在你与他在烈日下迎面相遇的那一刻,你和你所代表的一切还未能从地平线上升起,那团光亮就已经在顷刻之间变得暗淡无光,然后完全消逝,最终当你灵魂深处最后几缕碎片也被一一扯去,你惊恐地发现你和他处在同一水平线上,你已经走得太远,到了自我的边缘,现在你感到惊恐,担心自己可能再也回不去了"(Malouf,1993:43)。盖米身上的杂糅性,时刻挑战着定居地农民寻求身份认同的欧洲中心主义的价值观。他们本来就遭到了大英帝国遗弃,历尽千辛万苦终于得到了在他们的价值观里可以视为财产的土地,他们绝不会想再退回到那种卑微的、在他们看来一无所有的原始状态。

语言与身份紧密地结合在一起。在定居地的农民眼里,英语语言本身即代表着文明和进步,而盖米的英语表达能力却已基本丧失,连勉强发出的几个英语单词都是"用力咳出来的",即使这样也发得"口齿不清、面目全非,让人完全不知所云"。而与此形成鲜明对比的是,"就连他们自己家里最小的孩子都可以喋喋不休"地说着英语。这使农民们惊骇不已,他们将原因归结为盖米长时间食用原住民食物并学习原住民语言,这使盖米的舌头和面部形态都发生了巨大变化,而无法再回归白人社会。同时,他们开始问自己,"你会不会丧失这一切? 不只是语言,是一切。一切。"(Malouf, 1993: 40)这里他们担心丧失的是在他们眼里象征着文明进步的白人身份,他们害怕会像盖米那样退回到原始状态。

从盖米的外貌到动作到身上的气味,再到他从原住民那里所学的奇怪的语言,这一切都形成了一种不确定的因素,引发了定居地农民对盖米的信任危机。他们怀疑他与原住民密谋,并时刻监视着他的一举一动。尽管盖米的出现并未招来他们假想中原住民的袭击,不安和焦躁情绪还在不断地升级,"他和黑人是不是一伙儿的? 是一个打入他们内部的密探? ……他会不会在他们没有注意到时偷偷地送信给那些黑人? 黑人会不会趁着夜晚偷偷地与他会面?"(Malouf, 1993: 38)自从盖米来到定居地之后,这些农民的妻子就对收留盖米的麦基弗一家说三道四。她们听说乔克·麦基弗(Jock McIvor)的妻子埃伦竟然让盖米帮她用斧头劈柴,感到不可置信,顺着她们的想象,"这个词就这样膨胀开来,逐渐成形,接下来在她们屏息以待的当口,你听到那利刃'嗖'地一声从静谧的空气中划过。"(Malouf, 1993: 77 - 78)

这种信任危机在安迪·麦基洛普(Andy McKillop)目睹两个原住民来拜访盖米的一幕时达到了顶点。安迪本人有着不光彩的过去,他曾经因妻子与人私奔变得愤世嫉俗,酗酒、斗殴,还盗抢过杂货店。尽管他凭着自己的三寸不烂之舌说动了这里一个比较有威望的农民巴尼·梅森(Barney Mason),当上了巴尼的杂工,这些农民依然瞧不起他,认为他是个不值得信任的人。看到原住民和盖米私下里相会,让他感觉找到了证明自己的机会。因为农民们一直以来都担心原住民会袭击他们,发现盖米私下里确实和那些原住民保持着联系,就成了安迪向农民们邀功、博取信任的契机。

　　对于安迪的激动和愤怒,巴尼最初并没有什么明显的反应。为了说服巴尼,增加事态的严重性,他开始添油加醋地说,"他们给了他什么东西",他大声说道,"我走到他面前时,那个狡猾的黑鬼偷偷摸摸地把它藏了起来。"(Malouf,1993:98)此处安迪把盖米称为"黑鬼",无疑是想强调自己和巴尼已经与其他定居地的农民站在同一个立场上了,而盖米则是原住民中的一员。看到巴尼并不相信自己,安迪的情绪越来越激动,他嚷道:"他们到底来干什么呢? 他们想要怎么样? 如果这次是两个,那下个礼拜就是二十个……"。此刻的安迪借助语言展开了天马行空的想象,语言在此刻被赋予了无穷的魔力:"他一提起两个原住民,竟能说出他们身上的每一处细节,连他自己都感到惊讶,怎么能描述得如此详尽……当他们和盖米坐在那里时,他仿佛就靠在旁边的茅屋墙边,能看见他们的每一个动作,听到他们说的每一个词语,即使他们在用原住民的语言交谈。就像有神灵附体一般。"(Malouf,1993:99)安迪此处巧舌如簧与盖米的结结巴巴、不连贯的英语形成了鲜明对比。当吉姆问他原住民给了盖米什么东西时,安迪先是轻声地说"一块石头",然后"自己就惊讶地发现仿佛那东西'啪'的一声落到了盖米的手里,连它的大小和那滑溜溜的感觉都浮现在眼前"(Malouf,1993:101)。尽管安迪刚刚编造石头的存在时还不敢大声说出来,但这块石头一经他口中说出,就变成了实体,"有了自己的生命",在定居地农民的心里激起了千层浪花。"它四处乱飞,不断地复制、加速,留下伤口;即使石头是无形的,但伤口却真真切切,而且无法愈合。"(Malouf,1993:102)尽管盖米满怀着通过语言与白人社会实现沟通和联系的美好愿望,但是这些农民狭隘的世界观和对他的敌视使盖米的语言乌托邦梦想完全破灭。

　　至此,农民们都把盖米看作是对他们实实在在的威胁。"恐慌和猜疑在整个定居地无法遏制地蔓延开来"(Malouf,1993:113),他们无法忍受他的存在,连收留盖米的麦基弗一家也成了众矢之的,受到了其他农民的怀疑和攻击,完全被孤立起来。各种意外接踵而来,先是麦基弗家的篱笆墙被破坏,然后是女主人养的三只鹅被切断了脖子,他们家院子的石头上沾着黏糊糊的血迹。接着,盖米住的小棚屋被涂上了粪便,招来成群的苍蝇。最后,盖米在睡梦中被套上麻袋,几个人将他架到溪边,将他的头按在水里想淹死他,幸亏乔克及时发现并制止了。定居地农民的敌意最终升级为暴力和恶意的谋害。

定居地农民对盖米的排斥和伤害,使盖米原本想通过找回语言来建立一座沟通桥梁的理想完全破灭。他在这种被敌视的氛围中,内心的疆界感也逐渐建立起来。即使身在白人的世界里,他的心思依然在原住民生活的地方:"即使在大庭广众之下,他人在那里跟你说着话,却表现出一副心不在焉的样子,他拒绝直视你,只要一有机会,他的目光就变得游离起来,就像远处的地平线一样,无法被固定在实体的空间里,任何地方都可以作为它的起点。"(Malouf, 1993:38)他会想方设法逃避任何关于原住民去向的问题,而当他们不停地追问,"他不得不做出回答时,就会故意误导他们,把原住民的活动区域说得再往北一些,人数说得更多一些,把那些已经去世的原住民也都算上。他感觉自己肩负着重大的责任。"(Malouf, 1993:64)当一连串的意外降临在收留盖米的麦基弗一家人身上时,"盖米干脆就消失了,但并不是像这些人中一两个人预测的那样回到丛林,而是隐居在自己那层皮肤后面,眼神黯淡而惊恐。他知道周边在发生着什么,也知道一切都是由于他的缘故。"(Malouf, 1993:114)

盖米学会了原住民的语言之后,对它的魔力也有着切身的体会:"如果你不主动投身其中,用自己的呼吸去感受这些音节和由它们串连起来的世界,你就无法在这片土地上生存。"(Malouf, 1993:65)当盖米在定居地的农民中间生活了将近一年时间以后,两个原住民来看望他。在与他们一起用原住民语言交谈的过程中,"他感到自己和原住民在一起度过的每一幕情景都重新回到眼前,所有他们到过的地方,所有的奇遇,那些故事,算不得丰盛的聚餐——他感到有一种力量回到他体内,就在那一刻,他突然明白,这几个月里他已经变得无比虚弱,整日干咳着,胃部也出了毛病。"(Malouf, 1993:117)而当两个原住民离开后,安迪出现并责问他时,盖米感觉"周边的空气骤然间被污染,被吸进他制造的一种虚无之中。盖米刚刚感觉有些复原的身体又变得虚弱不堪。这个安迪传给他一种病毒,就仿佛他站在池塘边,看着自己在里面裂成碎片,再也无法组装回原来的样子"(Malouf, 1993：118 - 119)。定居地农民的排斥和怀疑与原住民对他的关心形成了鲜明对比,使盖米渐渐对定居地的一切都失去了信心,最终踏上了回归原住民部族之旅。

在麦基弗家遭到一连串的恶意攻击,盖米几乎被按在池塘里淹死之后,他们暂时让盖米住到远离这些农民住处的哈钦斯(Hutchence)夫人家里。哈钦斯夫人家的厨房成了一群人聚会的地方,但是当他们有说有笑玩得很开心时,他们的快速交谈让盖米感到无所适从,使他更加孤单离群。他感觉自己被病痛折磨着,最后他意识到"这些痛苦的根源跟几个月前的那几张纸有关,弗雷泽先生和校长把他的生命记在了那上面"(Malouf, 1993：154)。盖米认为代表欧洲文明的英语和书面叙事是一种障碍,阻隔了他与原住民社会和土地的认同,使他感到强烈的不安。他下定决心,一定要"索回自己原来的生活,要把那几张记录他所有经历的纸找到,那上面的黑色血迹有着无边的魔力……那些弯弯曲曲的字符就像树皮下面的昆虫幽灵一样,要把他的灵魂一点点地吸干,把他一步一步拖向死亡"(Malouf, 1993：176)。所以当盖米来到学校教室,从校长那里索回了七张纸之后①,他才感觉重新恢复了生机,并踏上了返回原住民部落的旅程。当那几张纸上的字迹在雨中变得模糊,那几张纸也变成了碎屑时,盖米才感到释然。他终于完全从牢笼中解脱出来,可以毫无牵挂地回到原住民世界,属于白人世界的一切都被他抛到了身后,从此与他再无瓜葛。当盖米穿过刚刚被一场大火烧成灰烬的丛林时,他心情忐忑,担心自己"如果不能尽快找回可以让他回归的词语,就会变成一缕冒着热气的幽灵,随着灰烬飘散"(Malouf, 1993：181)。当第一滴雨落到他的舌头上时,他终于找回了第一个原住民词语,"水",周围一切事物都开始变得熟悉起来。"尽管现在都被大火烧成了灰黑色",它们的名字却在他的嘴里复活,"迸发出耀眼的光芒,恢复了生机",植物变得"葱绿多汁",他还能感受到"小动物那软软的爪子、滴溜溜的眼睛和皮毛下紧缩的身子"(Malouf, 1993：181)。此刻,盖米靠找回原住民的语言实现了对原住民社会的回归,重新在这片

---

①　记录盖米经历的那几张纸已经被弗雷泽交给了殖民地长官,盖米自认为拿回的七张纸其实是学生们的作业。

土地上找到了归属感。

在《忆巴比伦》的扉页里,马洛夫引用了诗人威廉·布莱克(William Blake)的诗句:"这是耶路撒冷还是巴比伦,我们无从知晓。"这句诗为我们理解小说的题目提供了非常有用的线索。"耶路撒冷"与"巴比伦"源自圣经故事。据《列王记》下第 25 章记载,在国王尼布甲尼撒的率兵攻击下,耶路撒冷城被攻破,成千上万的犹太人被驱赶流放到巴比伦。这些犹太人被迫背井离乡,来到陌生的土地上,心中依然向往着耶路撒冷的家园。在《圣经》中,耶路撒冷是神圣与合一的象征,而巴比伦则代表着邪恶与混乱。在定居地这些白人的眼里,眼下他们所处的这片陌生土地以及生活在上面的原住民就是邪恶的发端,代表着混乱和无秩序的巴比伦城。但是,正如诗中所说,究竟是邪恶还是神圣,是混乱还是秩序,一切还都在未知之间。马洛夫运用巴比伦的故事作为一种象征手段,力图打破在意识形态中建构的充斥着帝国霸权的叙事神话,是对殖民历史的一种自我审视,"展现了复古的梦境般的世界,走出了封闭的现实,探求更多新的可能性。"(Brady,1994b:94)

小说中原住民语言和英语之间形成了一股张力,由它们衍生出两个完全不同的世界。作为一部历史小说,在那个特定的历史时期,定居地农民自身身份岌岌可危,他们狭隘的世界观局限了他们的视野,自然酿就了无法避免的悲剧结局①。作者大卫·马洛夫通过盖米这个角色对澳大利亚的殖民历史做出了寓言式解读。他站在 20 世纪 90 年代的后殖民立场上重新认识和反思殖民历史,在小说理想化的乌托邦语言国度里,主体间的疆界可以被跨越,语言可以被寻回,这意味着自我和他者之间可以相互包容和理解,白人主体与原住民主体之间可以通过语言在两个对立的、有着天壤之别的世界之间架设起一座沟通的桥梁,达到两个民族间更深层次的交流和理解。正如布雷迪(Brady)所说,"解决当前澳大利亚社会所面临问题的关键可能在于语言交流。权力的重新分配与重新认识密切相关"(1994b:100)。

---

① 长大后的拉克伦(Lachlan)在多方搜寻之后,从一些原住民那里隐约打听到,盖米及收留他的原住民部族最终被驱逐。他们被白人牧场主"骑马撞倒在地上,并用马镫皮革底部的马镫铁击打头部而死"(Malouf,1993:196)。

　　作者马洛夫从盖米的视角,颠覆了充斥着霸权的帝国文本对原住民的刻板印象和种族偏见。两种语言之间看似不相融合,但是在盖米,甚至是在学会几个零星原住民词汇的拉克伦和植物学家兼牧师的弗雷泽先生身上,都体现了一种通过语言达到更深层次了解的可能性。但语言又是不确定的,盖米的存在就是各种不确定性的综合体。由于他发音不清,造成了他名字的模糊性,"吉米还是盖米,看你从哪个角度去听",连姓氏也分不清是"费尔利"还是"费莱利"(Malouf,1993:10)。小说的题目本身也暗示着语言的这种不确定性,自从象征着统一语言秩序的巴别塔倒塌之后,沟通和理解就已经被误解和分歧所取代,人类的语言也处于不断演变的混乱状态中。在盖米的身上,潜藏着被单一的西方帝国殖民叙事文本所压制的复调、无意识的文化层面,也就是克里斯蒂娃(Kristeva)所说的"母体符号空间"(semiotic chora)。"这种母性空间,作为一种断裂和表达(节奏),先于证据、真实、空间性和时间性而存在……尽管可以被指称,被约束,却永远无法界定。因此,在必要时,我们可以给它指定一个类型,却永远无法给它一个公理化的形式"(1984:25-26)。这种不确定的、动态的身份和语言杂糅特性,使文明进步的神话被破除。同时,自我和他者、文明与野蛮、白与黑之间的二元对立也受到了严重挑战。白人社会所谓的文明进步,不过是狭隘的、凌驾于其他种族之上的白人身份霸权在意识形态中建构的结果。而在白人眼中看似代表邪恶和混乱的巴比伦城,在原住民和盖米的眼里却是一座人与自然和谐共处的耶路撒冷圣殿。

2.4　《神秘的河流》：质疑奠基神话

　　进入 21 世纪,原住民的政治诉求依然是澳大利亚社会未能解决却又必须面对的问题。在文学界,有关原住民主题的小说继续着对殖民历史的反思。凯特·格伦维尔基于自己的家族故事写就的历史小说《神秘的河流》在 2005 年出版。小说叙事恢宏,荣获 2006 年英联邦作家奖,被译成多种文字,受到世界各国读者的好评。小说创作和出版的时期,正值澳大利亚关于殖民时期白人与原住民关系的"历史战争"（history wars）辩论得最为激烈之时,在澳大利亚全国范围内引发了广泛的讨论。与《树叶裙》和《忆巴比伦》相比,这部小说没有简单地运用文学想象重构历史事件,格伦维尔查阅了大量的历史档案,她在 2006 年出版的《秘河探源》（*Searching for the Secret River*）一书中详细地记述了小说的构思、写作过程及参阅的各种档案资料。格伦维尔将经过精心调研的历史资料融入通过想象对历史进行的重构之中,旨在发掘深埋在殖民帝国大厦下被称为"澳大利亚大沉默"的殖民历史,再现殖民开拓时期英国殖民者与原住民之间因土地问题发生的冲突。

《神秘的河流》回溯到二百多年前,以格伦维尔的祖先威廉·桑希尔（William Thornhill）为代表的流放犯在获得赦免后,在霍克斯布里河（Hawkesbury River）沿岸定居,他们在开垦土地的过程中与早已生活在此地的原住民之间发生了冲突。小说本身的创作是基于澳大利亚建国的三个神话：流放犯神话、拓荒者神话以及殖民者和原住民初次接触的神话。在第一个关于流放犯的神话中,大英帝国被描述成一个由傲慢的贵族阶层和不公正的权威组成的国家,被流放到澳大利亚的犯人都是生活在社会底层的劳动人民,他们几乎都是无辜的,是英国阶级分化、工业革命的牺牲品,之所以触犯法律也皆因为生活所迫。相比较而言,澳大利亚则是个更公正的地方,流放犯们在这片大陆上辛苦劳作,成为建立国家的先驱者和开拓者。第二个关于拓荒者的神话,则是颂扬这些流放犯对国家做出的贡献。他们得到赦免后,在资源极其匮乏的艰苦环境中努力开拓,在荒原上建立家园、种植庄稼,将其改造为文明的绿洲。第三个神话描述的则是早期定居者与原住民的初次接触,这是澳大利亚文学中反复出现的主题。柯林斯认为,国家神话作为连接国民的纽带,可以界定一个民族,讲述"共同的历史",本身应该具有一致性。但是澳大利亚的历史却从分化开始,从误解和恐惧、残暴和苦难开始,所以澳大利亚历史以殖民接触为界点,区分"之前"和"自此","可能为了澄清现在,解决冲突,消除罪责"（E. Collins, 2006：40）。正因为澳大利亚的历史叙事无法形成国家神话,所以小说叙事需要不时返回边疆地带的历史原点,反复对它进行重构。

　　《神秘的河流》中男主人公桑希尔的经历基于作者的曾曾曾外祖父所罗门·威斯曼（Solomon Wiseman）。格伦维尔在她的《秘河探源》（2006）一书中详细记述了她从构思到查阅历史档案，再到小说最后成文的整个过程。她的母亲对家族的历史津津乐道，根据母亲的描述，所罗门·威斯曼出生在 18 世纪的伦敦，是泰晤士河码头上的一名船夫，因偷盗船上的木材先是被判死刑，又因找人写了求情信而从轻发落，被流放到澳大利亚。威斯曼的妻子和四岁的儿子当时也作为"自由定居者"同船随行①，他们乘坐的"亚历山大号"于 1806 年 9 月抵达悉尼（Grenville，2006：78）。1810 年，威斯曼取得了假释证，1812 年得到完全赦免，重获自由。在十年左右的时间里，威斯曼从身无分文的流放犯变为一个殷实的生意人。他先是开了一家酒馆，又买下两条船，在河沿线从事船运，后来还到更远的新西兰做过盈利颇丰的海豹运输生意。他的妻子简·威斯曼（Jane Wiseman）在十年间又生了五个孩子，而且还得到了一块土地，现在那里被称为威斯曼渡口。他还建造了自己的乡间别墅，现在是一家旅馆，大门前还有两个专门从英国购买来的石狮。格伦维尔借助从母亲那里听来的家族历史，并查阅了大量的历史档案，创作出历史小说《神秘的河流》，她在小说中引用了威斯曼的法庭判决书，还有其他各种殖民时期的报刊文章及档案文件。

　　格伦维尔在她的《秘河探源》一书中讲述她创作《神秘的河流》的动机时，提到了两次与原住民的接触。一次是在 2000 年 5 月 28 日，那一天她参加了在悉尼海港大桥上举行的支持白人和原住民和解的游行②。尽管她知道白人殖民者两百多年来对原住民犯下了各种罪行，但是她当时并不确定自己作为一个殖民者后裔，应该做些什么："我们应该有种罪恶感，还是应该谈怎么补偿呢？要与原住民签署协定，解决土地所有权的问题吗？"（2006：10 - 11）当跟着游行队伍快走到桥的尽头时，她看到一群原住民靠着栏杆站在那里。格伦维尔和其中一个原住民女性

---

　　①　这种情况在当时并不罕见，因为当时的澳大利亚殖民地男女比例严重失衡，官方会经常制定政策增加女性数量，让流放犯的配偶随行就是其中之一。

　　②　2000 年 5 月举行的这次游行，是为了纪念 1967 年的全民公决，当时百分之九十以上的澳大利亚人投票赞成授权联邦政府为原住民立法。约有 25 万人参加了这次游行，他们步行走过悉尼港湾大桥，以支持原住民和托雷斯海峡岛民争取社会公正的斗争。

的目光相遇,她们冲彼此笑了笑,好像还招了招手。但是就在那一刻,格伦维尔头脑中忽然闪过一个念头:"这个女人祖祖辈辈生活在澳大利亚,她的祖先在第一舰队驶进悉尼港时可能就生活在海岸边。如果当年我的曾曾曾外祖父从船上抬起头,看到她的曾曾曾祖父站在石头上盯着进港的船只,会是怎么样的情景呢?"(Grenville,2006:12)格伦维尔发现自己并不了解当时在定居者和原住民之间都发生了些什么,但是她肯定绝不可能是微笑招手这类友好的举动。所以她急于想知道自己的曾曾曾外祖父到底是什么样的人,他在踏上原住民居住的土地后都做了些什么。在格伦维尔看来,在了解实际情况之前,所有的"象征性活动都不过是盲目的,甚至是虚伪的。穿越大桥的这种游行,突然显得过于轻松了。我们就这样漫步走向和解——我所要做的是选择那条更艰难的路,挖掘历史之河深处的秘密"(2006:13)。

格伦维尔提到的另一次与原住民的接触,是 2000 年 6 月和原住民作家梅利莎·卢卡申科在咖啡馆的交谈。两个人虽然以前就见过面,但还是第一次坐在一起喝咖啡。当卢卡申科问她是哪里人时,格伦维尔感到这个看似简单的问题却并不好回答,于是她从自己的曾曾曾外祖父威斯曼讲起。当她讲到威斯曼被流放到悉尼后在这里"开垦"(took up)了一块土地时,卢卡申科说道:"怎么叫'开垦'呢? 那不明摆着是'强占'(took)吗?"听到这里,格伦维尔"像是腹部突然被拳头击中一样",这时她突然意识到"开垦"这个词"就像是一场骗局",而更让她感到糟糕的是"自己生活在骗局中却浑然不觉"(Grenville,2006:28-29)。这次谈话之后,格伦维尔更坚定了调查自己家族历史的决心。

小说主人公威廉·桑希尔是以所罗门·威斯曼为历史原型塑造的。他从出生就注定与贫穷相伴,即面临着饥寒交迫的困境、父母的忽略、雇主的虐待,这使他在很小的时候就不得不为了生存而抗争,甚至不得不与母亲和兄弟姐妹一起靠偷窃维持生计。尽管威廉 14 岁时被一个泰晤士河上的船夫看中,做了他的学徒,使生活有了一些转机,让他看到了通过辛勤劳动可以谋生并娶所爱的人为妻的希望。但是一个艰难的冬季使他的梦想化为泡影,他变得负债累累。为维持生计,他偷了船上的木材,被当场捉住并判绞刑。后来,经过妻子多方求助,改判为与妻子和孩子一起流放到新南威尔士。殖民地定居者和原住民之间的恩怨纠葛由此拉开了序幕。

在小说中，包括男主人公威廉·桑希尔在内，定居在霍克斯布里河沿岸的大多数白人都是获得赦免的流放犯，还有这些获得自由身的定居者从政府那里申请来的仆人，也就是刚刚流放到殖民地的罪犯。这些定居地的白人对原住民的立场和态度也不尽相同。其中以斯麦舍·沙利文（Smasher Sullivan）和司柏德（Spider）为代表的殖民者是最激进的一派，他们完全不把原住民当人看待，视原住民为祸害和眼中钉，主张用暴力清除原住民。这些在欧洲大陆挣扎在社会底层、一无所有、被宗主国流放到殖民地的罪犯，在原住民面前却油然生出一种高高在上的自豪感。他们认为原住民"比他们的身份还要低劣"（Grenville，2005：92），是"如老鼠一般的祸害"（Grenville，2005：162）。这种对原住民的种族歧视和偏见带有明显的社会达尔文主义倾向，用充斥着白人身份霸权的西方文明标准来衡量原住民，把他们看作是原始野蛮、未开化的民族。斯麦舍本人更是残忍，丧失人性，他把原住民的手和耳朵割下来当作战利品炫耀，还囚禁原住民女人，作为泄欲的工具。

但是，这些定居者中也有少数人主张与原住民和平共处，主要以布莱克伍德（Blackwood）和赫林夫人（Herring）为代表。他们同情原住民，希望与他们和平共处。布莱克伍德也是获得赦免的流放犯，他一开始就想尽方法让原住民接受自己，为了不和原住民发生冲突，他并不像桑希尔们那样耕种土地。他买了一只单桅帆船，借助霍克斯布里河在悉尼和格林·希尔斯（Green Hills）之间运送货物。尽管《悉尼公报》（Sydney Gazette）上关于定居者在河上遭到原住民袭击的报道非常频繁，布莱克伍德却安然无恙，"在他和那条河之间有一个秘密，仿佛达成了某种共识，使他可以免遭厄运"（Grenville，2005：95）。他还与一个原住民女人住在一起并生育了孩子，而且会说他们的语言。他提醒并警告桑希尔不要过于贪图利益，当和桑希尔一起看到斯麦舍·沙利文将原住民的尸体挂在树上，嘴里塞满玉米穗子时，他对桑希尔说，"这世界上没有什么东西是不需要付出代价的"。他提醒桑希尔，"想得到多少，就得付出多少。"（Grenville，2005：104）这种警告也是对后来桑希尔一味索取利益,并加入残害原住民的阵营之后无法摆脱良心谴责的一种注释。

男主人公威廉·桑希尔是个矛盾重重的人物,一开始就在两个立场之间摇摆不定。一方面,他跟定居地的大多数白人一样,对土地有着强烈的占有欲,不肯遵照布莱克伍德的建议向原住民做出任何让步。另一方面,他又没有斯麦舍们那么残忍,他热爱大自然,对原住民抱有同情心,也希望能和原住民和平共处。桑希尔这种分裂式心理形成了相互矛盾的双重视角:他一面站在定居地殖民者的立场上用西方文明的价值标准来评判原住民的生活,试图忽略他们的存在;另一方面,又在心里不时地对殖民者的立场进行反思和修正,承认原住民的独立意识和价值观。这种自相矛盾的双重视角贯穿小说全文,使其变成了白人主体良知奋战的叙事战场。

从桑希尔一家到达流放地的第一天开始,和原住民之间的矛盾和利益冲突就已经开始了。他们用树皮围成简陋的住处,当夜里妻子和孩子睡下后,桑希尔来到星光下,却发现手执长矛的原住民近在咫尺。陌生的环境和原住民手中森寒的长矛使桑希尔感到莫名的恐惧和愤怒,他挥动着拳头,让原住民"滚开",而原住民竟然也模仿他的样子和声音,对他同样地说了"滚开"(Grenville,2005:5-6)。从这剑拔弩张的对峙中可以看出,定居地白人和原住民之间有着各自的立场,为了捍卫各自的权益,冲突将不可避免。

桑希尔站在欧洲殖民者的立场上,把霍克斯布里河沿岸地带看作是"无主之地",因为这里没有欧洲殖民者眼中可以证明土地所有权的任何标记:"没有任何迹象表明黑人们认为那些地方属于他们。他们没有用篱笆把地围起来表示这是我的,没有建造房子表示这是我的家,也没有开垦田地或者圈养牲畜,表明我们曾在这里付出了劳动,洒下了汗水"(Grenville,2005:93)。这里,殖民地定居者把"篱笆""房子""开垦田地"和"圈养牲畜"这些西方文化的价值标准强加于原住民,由此否认原住民对土地的所有权。桑希尔对土地有着强烈的占有欲:"他体内热血沸腾,那是一种近乎狂乱的欲望。从来没有谁告诉他一个人怎样爱上一片土地,也没有人告诉他树林里为何会有撩人的火花、跳动的火光

和安宁纯净的土地,它正吸引着你迈开双脚踏上去。"(Grenville,2005:
106)为了宣布自己对土地的所有权,桑希尔试图在土地上留下自己的
印记,"他拖着脚后跟在空地中央的土地上走了四趟,划出了首尾相连
的四条线。这四条笔直的线和它们围成的方框格外显眼,顷刻间改变
了一切。现在已经有人给这片土地打上了属于他的烙印。"(Grenville,
2005:134)

对于桑希尔全家来说,原住民的不时出现让他们惶恐不安,因为这
些黑人性格捉摸不定,而且可怖。他们拿着可瞬间令人致命的长矛,而
且不尊重界限,对他们的生命和财产都造成很大的威胁,"就像毒蛇和
蜘蛛,叫人防不胜防"(Grenville,2005:93)。桑希尔对土地强烈的占
有欲促使他无视原住民的存在和需要,不把他们当成平等的人类看待。
当他和儿子威利准备开垦河边一块狭长的空地时,威利发现有一小片
地刚刚被翻过,几簇雏菊被拔出,松散地歪在泥土里。桑希尔尽管意识
到这是原住民留下的痕迹,却说,"一定是野猪干的,或者是鼹鼠之类的
动物",一边说,还一边"对自己说话的平静语调感到惊讶"(Grenville,
2005:141)。在他看来,土地所有权只能按照欧洲殖民者的标准来衡
量:"如果有人用锄头翻过地的话,应该挖成方形的才对,而这片地却不
是。如果想要种玉米,就不会让那些雏菊松散地留在泥土里,而会把它
们整个拔出来扔到一边,否则它们很快还会再长出来的。"(Grenville,
2005:140-141)同时,他对原住民生活方式的评价也带有强烈的鄙视
色彩,"黑人是不会种庄稼的,他们整日四处游荡,碰到食物就顺手拿
来……他们不懂得如果今天播种,将来就会有吃的。正因为如此,他们
才被称作野人"(Grenville,2005:141)。

但是,桑希尔的另一重视角又在不断地解构和改写着这种充斥着
白人身份霸权的殖民者立场。在定居地的殖民者眼里,满身疤痕的原
住民比尔(Bill)是一个可怜可鄙的存在。他为了换得一点儿朗姆酒,会
在桑希尔的酒馆外乱舞一阵儿,"整条街上的白人都涌来围观,看到这
个比他们身份还要低贱的黑人像只虫子般在那里活蹦乱跳,他们不停
地欢呼喝彩。"(Grenville,2005:92)然而,透过桑希尔的另一重视角,
我们看到的却是"仪表堂堂"的比尔。比尔晚上一般就睡在桑希尔家后

墙外面的地上，清晨起床后，桑希尔看到比尔"脸上棱角分明，眉毛浓密，眼窝深陷，嘴角的纹路如石头上的雕刻一般"，他肩膀和胸前的疤痕则"像是精心刻上去的一样。那些疤痕齐齐整整地排列在那里，是刻在皮肤上的文字。就像是萨尔(Sal)教他写字时赫然出现在白纸上的字母"(Grenville，2005：91)。桑希尔的这一重视角无疑带着作者格伦维尔站在后殖民立场上对殖民者行为的反思，它承认原住民主体的存在，认识到原住民身上的刻痕有其文化内涵，正如西方文化中书写在白纸上的字迹一样，是值得尊重和欣赏的。

当桑希尔在自己划定的田地上劳作时，他发现石头上有非常规则的刻痕，宽度和深度都能达到一英寸。仔细观察，是一条四五码长的鲷鱼，刻得栩栩如生，连鱼背上尖尖的扇形图案都清晰可见。同时，他还发现了另一组刻痕，竟然是自己的"希望号"帆船："弓形的船身、桅杆和鼓起的风帆"，样样具备，"甚至船尾还有一个弯弯的曲线代表舵柄"。但是唯一没有刻上去的是桑希尔本人，桑希尔感到极为气愤，"他拼命用脚蹭着石头上的痕迹，但是它们却已经深深地印入了石头的纹理中，无法擦除"(Grenville，2005：154)。这里原住民的岩画宣告着他们的存在，与前面桑希尔划界翻地形成了复调式叙述，具备"各自独立而不相融合的声音和意识"，"连同他们各自的世界，结合在某个统一的事件之中"(巴赫金，1988：29)。与桑希尔随意划出的几条直线相比，石头上的刻痕年代久远，即使经受了岁月的侵蚀，依然无法被擦除，这对殖民者在澳大利亚大陆的身份合法性形成了质疑。而他们在岩石上刻上桑希尔的帆船，却不刻桑希尔本人，则从根本上否认了殖民者在这片土地上的存在。桑希尔所代表的流放犯神话是澳大利亚国家奠基叙事的核心内容，让我们看到了欧洲移居者流汗建设殖民地的过程，但是达鲁格(Darug)部族人却拒绝承认这一叙事的合法性。尽管从殖民者的立场出发，桑希尔对原住民的宣言表示愤怒，但接下来他又从另一重视角看待原住民的石刻："他意识到尽管这里看起来空旷无人，但是如果一个人用脚步丈量过那条鱼的长度，看到刻在石头上的'希望号'的舵柄和船帆，他的想法就会被改变。这里就像是伦敦某处房子里的无人起居室，房子的主人刚刚离开进了卧室。虽然看不见他，但他就在那里。"

(Grenville，2005：155)这种不时修正自己殖民立场的另一重视角"展示出它的现在性"，作者站在 21 世纪倡导白人和原住民和解的大背景下，力图通过这种反思白人身份的视角"寻求一种更为可靠和普遍的价值体系"(Hutcheon，1995：88)，来质疑殖民历史中压制原住民声音的白人身份霸权。

随着对周边环境和原住民的进一步观察，桑希尔对原住民的生活习惯有了比较深入的认识，想法也发生了变化。当他千方百计想用枪猎取袋鼠，却以失败告终时，看到原住民轻松地围捕猎物，他想到："黑人同白人一样，也是农民。但他们靠的不是费神修篱笆来防止动物逃跑，而是整理出一小块诱人的土地，把动物都吸引过来。无论是哪种做法，都意味着能吃到新鲜的肉。"(Grenville，2005：229 - 230)原住民与自然环境之间形成的默契和原住民之间的团体协作使桑希尔羡慕不已。桑希尔在英国时生活在社会的底层，不仅忍饥挨饿，还受到上层社会的鄙视和雇主的残酷剥削及压榨。然而，在原住民的世界里却没有白人社会的阶级差别，没有工人对贵族的卑躬屈膝。看到原住民每天快快乐乐地生活并将打来的猎物共同分享时，桑希尔对原住民的生活方式大加赞赏，"黑人们每天还像贵族一样生活着。花上一点点功夫处理事务，剩下的时间都用来享受"，"在这群赤裸裸的野蛮人的世界里，似乎每个人都是贵族"(Grenville，2005：229)。

在殖民开拓的时代，原住民和白人殖民者之间因土地所有权问题引发的矛盾冲突是不可调和的。桑希尔无视原住民留下的痕迹，将他们的重要食物来源雏菊和甘薯全都当成野草拔出来扔掉。即使原住民与他理论，极力解释，甚至加上布莱克伍德的提醒，他都充耳不闻，视而不见，最终还加入到了对原住民大肆屠杀的殖民者队伍之中。为了增加安全感，他砍掉房子周边的树木，加固了长长的篱笆，又挖出壕沟，建成了城堡式的别墅。桑希尔所修建的石头别墅象征着澳大利亚的殖民帝国，它虽然外表坚不可摧，却切断了自己与周边环境的联系，变成了一座孤立的城堡。在别墅的地基中，有一块带有原住民彩绘的石头，也具有非常重要的象征意义：

在那所房子下面，虽然承载着桑希尔先生家别墅的重量，那条鱼却依然在石头中摆动。地板下面是黑暗的世界，它再也感受不到阳光，却不会像林中其他的石刻一样，因为没有黑人的手重新绘制而褪掉颜色。它会和刚刚钉上地板的那天一样，保持着亮丽的色泽，但是却失去了活力，与外面的树林和阳光完全隔绝，再不能像以前那样畅游。(Grenville，2005：316)

如果说桑希尔的别墅象征着殖民帝国的大厦，石头上手绘的这条鱼则代表着原住民的文化传承。他们在石头上留下了无法磨灭的痕迹，正如原住民在澳大利亚大陆上世世代代生存的历史一样，是无法擦除和否认的。代表殖民者立场的桑希尔将这块石头从它所属的"外面的树林和阳光"中移除，当作地基铺在别墅下面，这也可以从多个角度来解读。如果从作者格伦维尔的创作意图来看，这象征着澳大利亚白人社会将原住民写入国家的奠基叙事，承认原住民文化在民族-国家的身份建构过程中起到基石的作用。然而，从另一个角度看，强行将带有原住民文化印记的石头从树林中移除，并将其深埋在地底，也是对原住民文化痕迹的一种擦除，使殖民帝国的建立有了一种表面的合法性。没有了阳光，没有原住民的重新绘制，石头从当代原住民的现实生活中被完全剥离，也失去了生机。即使如此，"鱼还能在石头中游动"，又使外表看似安稳牢固的别墅多了一层来自内部的不安定因素，动摇着殖民帝国大厦的根基。这种不安定因素既有白人自身的负疚和反思，又包括原住民寻求自主、为土地所有权抗争并从原住民视角建构的争议历史。阿特伍德(2005：243)指出，"一个民族如果失去道德价值的确定性，就会影响到民族身份和民族认同。"帝国大厦的根基中存在的这种不确定因素，影响着澳大利亚作为一个国家的文化价值判断，所以作家们才会借助文学想象来重新书写殖民历史，探求在非原住民社会和原住民之间实现和解的途径。

尽管桑希尔本人从选择上无法跳出那个历史时代的局限，为了将自身的经济利益最大化，他不惜一切，与其他定居者共同驱赶甚至屠杀原住民。但是作者站在后殖民的立场上，又对原住民怀有同情心，意识到原住民有自身的文化和价值观。在小说中,桑希尔虽然得到了自己梦寐以求的土地,但焦虑情绪不但没有缓解,还整日饱受良知的煎熬,内心满是空虚和负罪感。他终日拿着望远镜看着对面的山崖,希望能在那里发现原住民的身影。尽管知道一切都"太迟了,太迟了",他还是会"坐在那里,观望着,守候着","他只知道凝视着望远镜中的事物是唯一能给他内心带来平静的方法"(Grenville,2005:334)。最后,桑希尔承认自己是外来者,原住民才是这片土地的真正主人:

> 如果山崖是舞台,那桑希尔就是观众。他的眼睛在树林里一排排搜寻,一直看到那方舞台的边缘。也许还有一些黑人生活在那上面。有可能。他们靠自己的方法维持生命……他们也许还在那上面,那里复杂的地形令所有白人都望而却步——还在那里,等待着。(Grenville 2005:333)

在白人殖民者将霍克斯布里河沿岸的原住民残暴地驱散或杀害之后,"地面上没有留下任何痕迹","也没有任何文字记录",但是"这种空白本身会对任何用心观察的人讲述着它的故事"(Grenville,2005:325)。作者格伦维尔在《秘河探源》一书中指出,"这个故事不属于我,应该让它自己讲述,我要做的就是给它让路"。在她看来,原住民在自然界中留下的这些痕迹可以"充分体现出一种已经消逝的语言"(2006:171)。格伦维尔并没有站在殖民者后裔的立场上为原住民代言,而是承认殖民者视角的局限性,从侧面描写原住民与自然景观之间的亲密关系,表达对原住民的尊重和对原住民文化的认可,这一叙事策略与澳大利亚历史学家阿特伍德所主张的将多视角历史观并置的观点相一致。阿特伍德认为,在处理具有争议的澳大利亚殖民历史时,遵循西方价值观念的学术历史在认识论问题和伦理问题上都面临着危机,对于过去创伤的表达,从原住民视角出发的口述文化显得尤其重要(2005:157-158)。小说从原住民的岩画、原住民歌舞集会以及生活习性的角度,描述了他们与自然界万物的密切关系,与以主人公桑希尔为代表的欧洲殖民者对自然景观的印象和感受形成了鲜明对照。

《神秘的河流》以分歧和差异结束。高个子杰克(Jack)是最后一个留在桑希尔田里的原住民,他拒绝接受桑希尔及家人的施舍,甚至完全无视桑希尔的存在。当桑希尔试图用手拉起坐在地上的杰克,劝说他到自己家里拿点儿吃的时,他第一次用英语表达了他的抗争,他一边用手拍着身下的土地,一边说道,"不……这是我的……我的地方……我就坐在这里哪儿也不去。"(Grenville,2005:329)正如马尔根(Mulgan)所指出的,"这种赎罪和道歉的行为都需要一个圆满的结局,那就是受到伤害的一方能够接受他们的忏悔,这样从某种程度上来说就等于将过去一笔勾销,然后从头开始。只有这样才能从这种罪责感中解脱。"(1998:189)然而,尽管这种愧疚心理是澳大利亚国家身份合法化的必要一步,桑希尔的好意并没有被杰克所接受,正因如此,他仍然无法摆脱良心的谴责。小说本身无法为原住民与白人的殖民接触找到一个双方都认可的结局,使建立在殖民开拓叙事之上的国家奠基神话变得虚幻而不现实。

斯图亚特·霍尔(Stuart Hall,1996)指出,身份是一个过程,是他者与自身的关系,没有他者,自我亦不存在。在《神秘的河流》中,桑希尔与其他白人殖民者一样,把占有和开垦土地看作改变现状、提升社会地位的唯一方式,不肯像布莱克伍德一样以原住民可以理解和接受的方式实现与其和平共处。他因土地所有权与原住民发生了激烈的冲突,最终残暴地将原住民驱逐甚至屠杀殆尽。然而,桑希尔感受不到胜利的喜悦,没有了原住民的山崖失去了以往的生机。原住民作为"表演者"的缺席,使白人殖民者的"观众"身份永远定格。白人主体依赖于原住民主体而存在,没有原住民的认可,白人在澳洲大陆上永远是入侵者,无法成为合法的居民。

2.5 小　结

在本章介绍的三部非原住民作家的小说文本中,有一条非常清晰的对殖民历史叙事中白人身份霸权进行反思的脉络。小说叙事是一种动态的混杂过程,作者们借助殖民接触时期的历史背景,探讨了白人与原住民交往的另一种可能性。从《树叶裙》中因海难暂时流落到丛林地带的埃伦对原住民生活艰辛的体验,到《忆巴比伦》中与原住民共同生活了十几年的伦敦孤儿盖米,通过学习原住民语言对环境和土地产生的归属感,再到《神秘的河流》中与原住民产生正面利益冲突的早期殖民开拓者桑希尔,为殖民时期针对原住民的残暴行径感到负疚和自责,体现了当代社会与殖民接触初期的时空之间形成的交叠和互动,对白人身份的反思与左翼历史学家对殖民历史的修正主义观点相互呼应。在小说叙事中,原住民成为"主流社会在对自身进行批判时的比对物,是浪漫理想的鲜活象征,为令人绝望的社会燃起救赎的希望,使它能够重新获取在进步中失去的东西"(Dodson,1994:8)。小说作为一个意识场,有原住民介入的经历使其警醒,原住民的现实与价值观挑战着传统的判断,成为作家艺术反思、跨越疆界、重构意义的对象。在这几部小说中,代表着欧洲移居者的主人公通过对原住民文化的认可和肯定,以及将原住民写进奠基叙事,意图在澳大利亚这块古老的大陆上寻求认同感和归属感。

　　然而,艾琳·莫尔顿-罗宾森在她所建立的理论框架中指出白人归属本身存在着一种悖论,她认为这种思想一方面通过斥责白人的暴力行为来"重陈善意",另一方面却又"通过否认原住民的自主权来推行白人主权"(Moreton-Robinson,2007:8)。由此可见,尽管欧洲裔澳大利亚人从自己的角度出发,希望通过与原住民达成和解来稳定民族-国家的身份,但是原住民却强调得到尊重的核心是实现民族自主,是尊重原住民自己的律法和价值准则,而不是用西方社会的价值观来同化和制约原住民社会。正如多德森(Dodson,1994:10)所说,"没有我们自己的声音,原住民身份只不过是针对我们和关于我们的想象而已"。

　　尽管非原住民作家在作品中试图通过解构白人身份霸权和认可原住民文化来重新建构民族-国家身份,小说叙事中有限的白人视角与帝国文本叙事和奠基神话依然形成了一定程度上的共谋。艾莉森·雷文斯克罗夫特(Alison Rovenscroft)在《后殖民之目》(*The Postcolonial Eye*)中指出,澳大利亚的非原住民社会尤其是白人,在解读原住民文化时,需要承认主体的局限性,需要保留"一处不可知(nonknowledge)和不可见(invisibility)的形式空间",由"原住民署名的文本"来补充(2012：15)。因此,只有为原住民提供充分的自我表达空间,使原住民社会成为叙事的中心,才能真正体现出原住民文化在澳大利亚国家身份建构中的地位。本书将在下一章中重点选取三部有代表性的原住民作家小说,探讨原住民作家如何借助文学创作中的独特叙事手法为建构原住民历史、传承文化做出不懈的努力。

第3章
原住民主体重构的殖民历史

在前面三部小说中,非原住民作家借助历史事件反思了白人和原住民在"边疆"地区"初次接触"的历史,认可原住民在澳大利亚国家身份建构中起到的作用,对殖民时期的历史起到了一定的质疑甚至是颠覆作用。但是,尽管三部小说中的主人公通过模仿原住民的生活习惯、学习原住民的语言或者承认原住民文化在国家身份中的地位,来表达对原住民的尊重和认可,但对于原住民而言,从白人视角对原住民身份的诠释仍然具有局限性,与殖民历史叙事形成一定程度的共谋,原住民的视角和口述历史未能得到充分的表达,其丰富的文化现实和感情世界都无法得到体现。在几部小说中,原住民角色大都只是一种背景,只在《神秘的河流》中偶尔发声,但也仅限于非常简单的两句英语,包括在桑希尔到达殖民地第一晚,与他对峙的原住民表达愤怒时模仿桑希尔的语言,和最后高个子杰克结结巴巴地用一句简单的英语拒绝了桑希尔的施舍,并表达出原住民与土地之间的亲密关系。

本章所选的三部具有代表性的原住民小说则通过原住民视角、空间叙事、文类杂糅、陌生化、反讽等各种文本策略,一方面揭示出白人身份在历史文本中的建构本质,彻底颠覆以欧洲文明价值观为标准的殖民历史,另一方面又结合原住民的口述传统和宇宙观,运用时空交错、多维多中心的叙事手法,构建出与殖民霸权叙事相对抗的原住民自己的历史。与三部非原住民作家的小说不停地返回原住民和白人殖民接触时的历史原点不同,三部小说分别描述了不同地域不同历史时期的原住民现实：埃里克·威尔莫特（Eric Willmot）的《潘姆嵬》(*Pemulwuy*)（1987）主要是从原住民视角重新讲述欧拉（Eora 或 Eorah）族原住民保护自己的土地[①]、抵抗白人入侵的历史；金·斯科特的《心中的明天》(*Benang：From the Heart*)（1999）主要探讨同化政策对原住民文化传统的影响以及原住民混血儿一代的身份归属问题，背景设置在澳大利亚西部原住民努恩格（Nyoongar）部族的居住区域[②]；亚历克西斯·赖特的《卡奔塔利亚湾》则展现了 20 世纪 90 年代后澳大利亚北领地卡奔塔利亚湾附近的原住民居住区的社会现实。正如休梅克（1989：128）所说，"几乎所有的澳大利亚原住民文学作品，不论何种体裁，主题都聚焦于过去的不公正对待，突出神圣的、自主的原住民历史"。三部小说都具有明确的话语抵抗性质，作家充分利用文学的想象空间，批判并颠覆充斥着帝国霸权的历史文本。这三部小说从叙事视角、写作风格上都与非原住民作家的作品大不相同：通过揭示白人身份的意识形态建构本质，在使白人身份"显身"的同时，也表达了原住民的诉求，为接续被殖民入侵所切断的原住民文化传承、重构原住民视角的历史做出了不懈努力。

3.1　原住民口述传统与英语叙事

　　历史（historia）一词源自希腊语，意为"通过调查研究获取的知识"。一直以来，历史学科都以其"无功利性调研"（disinterested investigation）为特色，很少有人质疑它的客观性和真实性。某一文化所特有的通俗故事，如果没有其他佐证，通常都被归为文化遗产或传说，因为它们不具备这种客观性。因此，澳大利亚原住民由于缺乏书面

---

　　① "欧拉"在原住民语中的含义为"人民"，是原住民部族的名称，世代生活在现在的悉尼地区，是英国第一舰队 1778 年登陆澳大利亚大陆之时接触到的第一个原住民部族。
　　② 努恩格是生活在澳大利亚西南部沿海区域的原住民部族。尽管在澳大利亚历史上西部边疆地区的开拓一直被认为是"和平定居"（peaceful settlement），但是澳大利亚政府推行的"白澳"（White Australia）政策主张同化原住民，这使"被偷走的一代"（the Stolen Generation）失去了原住民的文化传承。

的叙事形式,其几万年来的口述历史在殖民叙事中一直处于一种"失声"状态。与非原住民作家的作品象征性地加入原住民角色,力图把原住民写入民族-国家的历史叙事相比,原住民作家的小说主要聚焦于原住民主体的建构及其与主流叙事的抗争过程,把口述传统作为原住民"重塑历史的途径"(Huggins, 1995: 179)。

原住民作家吉姆·斯科特在安妮塔·海斯的著作《直言不讳:原住民文学的出版》的序言中指出,"尽管原住民写作……是殖民的副产品,但同时它也是早期原住民文化得以继承和获取新生的一个途径。"(Scott, 2003: i)在原住民作家看来,表达政治诉求与文学审美并不矛盾。原住民作家杰克·戴维斯(Jack Davis)等指出,原住民文学的"审美特性在于其政治表述产生的力量,与之相比,其他当代澳大利亚文学作品则显得温顺而狭隘"(1990: 2)。然而,白人出版商、评论家或读者有时却会对原住民作家的写作手法产生误解。原住民作家惠特利(Wheatley, 1994: 22)在谈到原住民写作的艺术审美问题时说,尽管原住民作家与其他作家一样也"注重以最佳艺术手法来表达观点",他们"经过认真推敲的原住民英语用法"却往往被归结为"语法和句法表达不当",原住民小说"借用远比书写古老的传统"也被认为是"一种不成熟的做法"。然而,对于原住民作家来说,原住民文化的口述传统是他们寻求身份认同,表达自我的有效手段,只有保持原住民叙事的边缘色彩,才能使原住民主体保有差异和变形的权利,避免非原住民社会对原住民身份的本质主义解读方式。因为"历史在未来的意义……并不仅仅限于征服者;对于历史及其未来的方向,那些曾经和仍在遭受权力迫害的人们的观点也很重要"(Brady, 1994a: 52)。

对原住民英语书面叙事的最新研究成果表明,最早在 18 世纪 90 年代,原住民就已经意识到书面英语叙事是"强有力的政治武器"(van Toorn, 2006: 3)。但是 20 世纪以前的原住民书面英语叙事多以信件、请愿书为主,原住民写作还没有发展成为独立的文学流派。1929 年,戴维·尤奈庞(David Unaipon, 1872 - 1967)的作品《本地传奇》(*Native Legends*)得以出版,被公认为原住民文学作品的奠基之作,尤奈庞也被尊称为"原住民文学之父"。书中有两个原住民的传奇故事,以及两个为故事提供人类学和原住民传说方面的背景知识的短篇。尤奈庞的作品融合了多种叙事手法，例如，在《那荣达利的妻子们》(*Narroondarie's Wives*)中作者展现了原住民传说与西方历史的时空交错，圣经、古典、种族、科学、历史各种元素都汇入了传统的盖润德利(Ngarrindjeri)原住民部落的故事中，正式得体的英语与盖润德利部落的词语相互交织，叙事时"语位、语气和语域的突然转换体现了后殖民文本的杂糅性和后现代的拼贴技巧"(van Toorn，2000：28)。尤奈庞的叙事风格开创了原住民作家文学创作的先河，但是他的作品"在他生活的那个时代几乎被完全忽略了"(Shoemaker，1989：41)，直到 20 世纪 70 年代才重新被发掘，为当代原住民作家的文学创作提供了灵感和源泉，对我们这里所选的三位原住民作家的创作风格也产生了深远的影响。

受到出版资金少、出版周期长等因素的限制，20 世纪六七十年代的原住民作家作品多以诗歌、戏剧和短篇小说为主。到了 20 世纪 80 年代后期，主流媒体和读者对原住民作家作品的兴趣不断提高，越来越多的原住民作家开始采用长篇小说的形式来讨论原住民政治和原住民的现实经历。安妮塔·海斯(2003：36)指出，这些作家通过写作来重写被历史教科书"忽略"或"扭曲"的历史，来记录原住民遭受欧洲殖民者"侵略、殖民甚至几乎被灭绝"的历史(Heiss，2003：36)。海斯还指出，尽管许多原住民的历史和生活经历都是以非虚构的文类书写，近些年来原住民作家在长篇小说这一领域取得的成就却是最为卓著的，现在原住民作家的小说作品在澳大利亚许多大学里都被列入了阅读书单(Heiss，2003：38)。原住民作家的小说作品是"意味深长、充满激情的文化交流形式"，"这种跨文化交流的最重要维度之一就是当前这代澳大利亚人有机会看到原住民眼中的自己，而不是别人怎样看待他们"(Shoemaker，1989：4)。本章所选的三部原住民作家的小说采用文化挪用(cultural appropriation)的手法，将标准英语与原住民的口述传统相结合，使现实中的原住民社会与传承文化信仰的故事世界交织在一起，通过"过去、现在和未来三者一体化的时间意识"(Narogin，1990：95)对抗西方历史文本的线性叙事结构，借助文学想象接续和重构被殖民侵略切断的原住民历史。

3.2　《潘姆鬼》：原住民社会的"三层真相"

亨利·雷诺兹（Henry Reynolds）在《土地的律法》（*The Law of the Land*）一书中指出，"澳大利亚对法律和历史的传统理解基于一个错误的观念，即 1788 年之前的澳大利亚是个无主之地（terra nullius）"（1987：12）。在官方的历史文本中，澳大利亚作为"无主之地"的观念直到 1992 年的"马博裁决"颁布之后，才在法律上正式退出历史舞台。在早期的殖民历史叙事中，白人殖民者为了宣告自己对澳大利亚这块大陆的主权，用西方文明中开垦土地、建造房屋等标准来衡量澳大利亚原住民，认为他们是像吉卜赛人那样四处流浪、没有家园意识的原始人，否认他们对土地的所有权。原住民领袖潘姆鬼（Pemulwuy）带领欧拉部族抗击英国殖民入侵的长达十二年之久的斗争，也从未被写入澳大利亚的官方历史，因为他们捍卫土地的抗争"在现实和象征意义上都对早期殖民者造成了巨大的威胁"（Pybus，1988：109），不仅仅在现实中危及欧洲人的性命，从更深层的意义上来说，它极大地暴露了欧洲人对澳大利亚土地所有权的不合法性。

近年来，世界范围内澳大利亚原住民反抗英国殖民扩张的方式得到更多的关注，反抗殖民者的原住民领袖从历史暗影中走出来，原住民抗击侵略的行为得到了更为广泛的认同。埃里克·威尔莫特的历史小说《潘姆鬼：彩虹战士》（1987）即从原住民的视角再现了潘姆鬼作为民族英雄抗击英国殖民者的事迹。尽管潘姆鬼并不是第一个反抗白人殖民入侵的原住民，但却是最有影响的一个，这赋予他在现代原住民历史上非比寻常的地位。威尔莫特（1987：13 - 14）在小说的前言中这样写道："英国人不只要摧毁他的身体，他们以及他们的一些后裔还试图抹除他曾经存在过的证据。直到最近，潘姆鬼的名字才开始出现在澳大利亚白人社会的历史里，然而他却活在那些没有经过正式出版的敌人的日志里，活在澳大利亚原住民的心中。"《潘姆鬼》的叙事风格受到"原住民文学之父"尤奈庞的影响,在正式得体的标准英语中融入原住民词汇,彰显出文本的边缘色彩,借助对殖民者话语的"篡用和转换"(usurpation and transformation),"来讲述自己的历史"(Hodge & Mishra,1991:110-112)。

英国自17世纪中期的工业革命之后,大规模的圈地运动剥夺了农民世代赖以生存的土地,使他们大量涌入大城市,成为廉价的劳动力。同时,贫富悬殊的社会地位使聚居在城市、位于社会底层的工人面临生存困境,偷窃、暴力犯罪频繁发生,除了严重的犯罪被处以绞刑之外,大部分犯人都只能被囚禁起来。伦敦的监狱人满为患,连泰晤士河边年久弃用的船只都变成了临时关押犯人的场所。在这种情形下,1770年库克船长首次登陆澳大利亚大陆后,他的信函记录得到了英国政府的重视,启动了在澳大利亚建立犯人流放地的议案。1788年1月26日,皇家海军军官菲利普率领他的第一舰队抵达现今悉尼港的植物学湾,第一次在这块新大陆上插上英国国旗,正式建立了新南威尔士殖民地。随船到来的是第一批流放犯人,他们不是在监狱里完成刑期,而是戴着镣铐从事各种繁重的工作,搭建房屋、建设桥梁、修建铁路、挖掘隧道,成为殖民开拓的主要劳动力。殖民者的开拓使原住民失去了赖以生存的土地,冲突在所难免。世代居住在这里的欧拉族原住民在他们的领袖潘姆鬼的带领下,开始了抗击殖民者入侵的游击战争。

据记载,潘姆鬼的第一次反抗是在1790年,他刺死了总督菲利普(Philip)的猎场管理员、囚犯身份的麦金泰尔。菲利普多次派队伍捉拿他,都没有成功。潘姆鬼成为殖民者最嫉恨的敌人,他带领自己的族人抢夺殖民地白人定居者的财产,焚烧他们的庄稼,危及他们的生命。英国殖民地遵循英国的法律,原住民社会也有自己的法则。尽管在官方的历史叙事中,白人殖民者将原住民看作窃贼或强盗,从原住民的视角来看,双方为了维护各自利益所采取的对抗行动就是一场原住民反抗殖民侵略的战争。即使这场战争以潘姆鬼的失败而告终,欧拉部族被从自己的土地上赶走,他们捍卫自己祖先世代生存的土地、延续原住民社会的文化传统的战斗精神却代代传承,对澳大利亚原住民的身份建构起着至关重要的作用。休梅克指出,"对历史的表述是当代原住民文学作品中最为重要的主题之一，主要借助原住民口述传统的叙事技巧，通过刻画原住民历史上的首领或英雄人物来增强当代原住民的自豪感，通过重新解读澳大利亚的民族冲突来实现"(1989：126)。

小说参考了初建新南威尔士殖民地时一些未经正式发表的个人信件及札记，同时借助原住民口述传统中的传说，将从原住民视角对历史事件的解读与官方的历史叙事并置起来，揭露充满白人身份霸权的殖民历史的意识形态建构本质。一方面，作者让小说中的白人角色"从他们自己的角度讲述历史和他们的经历"(Willmot，1987：18)，从他们的嘴里表达出对原住民的种族偏见。在英国总督和军官的眼里，当地的原住民"跟野蛮人没什么分别"，"实际上就是一群强盗"(Willmot，1987：55)，而且"还落后到令人绝望的地步，对民族、财产、军队和战争的意义都没有任何概念"(Willmot，1987：77)。另一方面，小说又采用陌生化的叙事手法，以一位说阿瓦巴卡尔(Awabakal)语的古利(Koori)部族年轻人齐拉班(Kiraban)的视角，展示了英国殖民者登上澳洲大陆的情景。在齐拉班眼里，殖民者的一切行为都是"怪异的"：他们的船是"外星之物"，还从上面传出"奇怪的、哀悼的哐啷声"①；他们行为古怪，"夏季还穿这么多衣服"；"最奇怪的就是他们的皮肤没有颜色"，"他们的脸色看起来跟鱼肉的颜色差不多"；从他们嘴里发出的是"奇怪的带着嘶鸣的""没有任何意义的"声音(Willmot，1987：23–25)。经过一段时间与这些"外来人"的近距离接触，齐拉班还发现，尽管他们想学习原住民语言，却"无法领会原住民语法的微妙之处"，而且总体上看，这"是个冷酷的民族"，"无法欣赏当地人的幽默"(Willmot，1987：28–29)。经过这种陌生化处理，一贯高高在上的白人殖民者的一举一动都被置于原住民的目光之下，他们的主体霸权地位被颠覆，变成了被描述、被解读的客体。

殖民地白人社会主要由地位有着天壤之别的两个群体构成，一边是贵族阶层及其军队，另一边则是没有自由和任何权利可言的流放犯。在欧拉族原住民眼里，说着同一种语言、表面上看似同属一个民族的人

---

① 这声音是殖民者船上押解的罪犯身上发出的镣铐声。

分化成两个地位悬殊的社会群体,这实在令人无法理解:"其中一个群体衣着光鲜,另一个群体却衣不蔽体,而且经常被金属链锁在一起。这个群体还被迫为衣着光鲜的群体卖力劳作,稍有不从,即遭呵斥与痛打"(Willmot, 1987:29)。殖民者惩罚罪犯的鞭刑在原住民眼里更是残暴之极:"把一个人绑在柱子上,在大庭广众之下用一个大型的器具不停地抽打,直到他鲜血淋漓,失去知觉"(Willmot, 1987:30)。如果说殖民者站在自己的角度,把原住民看作是一群永远在挑衅、永远在偷盗杀掠、永远给白人带来麻烦的野蛮骚扰者的话,在原住民眼里,白人社会的这种阶级差别和殖民地士兵对待流放犯所采用的残暴鞭刑则是"这些怪异的外来人文化中原始的一面"(Willmot, 1987:29)。白人殖民者自认为高高在上的以欧洲为中心的西方文明,在原住民眼里却变成了"原始"文化。小说多处使用这样的反讽手法来挑战白人视角的价值评判标准,极具讽刺意味的是,"欧拉族长辈们说这种不断地对身体的伤害一定是一种祛病良方或者是一种入会仪式"(Willmot, 1987:29-30)。对原住民而言,白人社会中的监狱或囚禁的概念是不可想象的,所以他们会用原住民社会的法则来判断白人的行为。此处把殖民者对罪犯的酷刑比作原住民文化中神圣的仪式或者祛病良方,更突显出殖民者的残暴和所谓西方文明的野蛮的一面,是对其莫大的讽刺和嘲弄。

尽管格伦维尔在《神秘的河流》中也抨击了殖民地囚犯遭受鞭笞和英国社会的阶级分化,但是批判的力度仍不及《潘姆岜》中原住民视角的表述。从原住民的视角出发,白人的思维方式不再是评判标准和金科玉律,文本中压制原住民声音的白人身份霸权被瓦解,对立的视角尽显殖民历史叙事中白人身份的意识形态建构本质,与殖民者对原住民的种族偏见和歧视形成了复调式叙述。这种从原住民视角对白人殖民者的注视,如让·萨特(Jean-Paul Sartre, 1964/1965:13)在《黑人俄耳浦斯》(*The Black Orpheus*)中所指出的那样,令白人"感到震惊"。从原住民视角出发重述历史对充斥着西方霸权的殖民历史形成了质疑和颠覆,对原住民而言,口述传统中传承下来的原住民律法和宇宙观才是真实的历史版本,这一民族历史叙事与殖民历史的霸权文本形成对抗。

潘姆岜带领原住民部族连续 12 年对英国殖民者展开了不懈的反

击,给殖民者制造了很大麻烦。新南威尔士连续换了三任总督,但是他们在给英国政府的官方报告里,却对潘姆嵬的名字只字不提,更拒绝承认这是一场战争。根据作者威尔莫特的解读,只有海军军官瓦金·坦奇(Watkin Tench)把潘姆嵬视为对手,他意图说服总督和新南威尔士陆军对潘姆嵬宣战,因为他认为,"只有通过军事征服,英国才能正当地拥有新南威尔士土地的主权"(Willmot, 1987: 92)。然而,这一提议却令在场的人感到震惊,他们认为对原住民宣战简直是无稽之谈。格罗斯中士(Grose)的观点道出了他们的想法:"如果入侵法国的领地,宣战才说得过去",而对于"在这片土地上扩张殖民地,阻碍只不过是一群原始野蛮的骚扰者"(Willmot, 1987: 92)。步兵军官麦卡斯(Macarthur)对原住民更是充满了鄙视,"原住民的心态跟一群野狗差不多","他们只要有掠食的机会就会攻击"(Willmot, 1987: 159)。这种拒绝对原住民宣战的做法基于他们一致把新南威尔士看成"无主之地"的原则,他们认为"在英国人到来之前这片土地没有人行使过主权"(Willmot, 1987: 149)。如果宣战就意味着承认了原住民对土地的所有权,使殖民者所谓的合法定居变成了赤裸裸的侵略,所以他们不仅不承认这是一场战争,还试图把潘姆嵬从官方历史中抹除。几任总督在写给英国女王的报告中都故意略去他的名字,并尽可能隐瞒殖民地英国驻军和原住民之间的冲突规模。

　　为了打破殖民历史叙事中"密谋的沉默"(Willmot, 1987: 19),小说叙事中融入了审视的元叙事声音,从小说前言开始贯穿了整个小说文本,从原住民的视角质疑和批判澳大利亚殖民者视角的历史。当齐拉班从丛林中走出、初次与殖民者接触时,他脱离了"古老澳大利亚大陆的纯真和完美"(Willmot, 1987: 25),这是伊甸园失落的开始。当齐拉班目睹殖民者残暴地对待囚犯,当他心爱的原住民女孩被殖民者奸淫并杀害之后,他才追随原住民英雄潘姆嵬,走上了以牙还牙、以暴制暴的反抗之路。齐拉班从一个稚嫩怕事的原住民青年,变成杀人无数的无情战士,这一切邪恶和堕落不都是殖民者引起的吗?

　　当海军军官坦奇所率领的分队被潘姆嵬及族人打得大败而归时,元叙事声音再度响起:"当坦奇的队伍一瘸一拐地返回驻地之后,他们的到来标志着在殖民地的生存进入了一个全新的、凶险的阶段。很明显,从今往后,英国人再想在新南威尔士立足就需要靠战斗来赢取。有些本地人不只对他们充满敌意,而且竟然还能将他们打败"(Willmot,1987:77)。当第二任总督亨特(Hunter)因局势失控被迫离任时,他与被白人思想同化的原住民本纳隆(Bennelong)在一起扼腕叹息,元叙事声音是这样评价他们的:"这两个人真是有趣的一对儿,如果要在这场澳大利亚探险中举办一场竞赛,角逐谁是最大的失败者,那估计非他们二人莫属"(Willmot,1987:268)。元叙事声音中充满了讽刺与嘲弄,颠覆了殖民者霸权文本中认为原住民是毫无抵抗能力的"低等民族"的刻板化印象。小说叙述中的这种自我反思形成了一种"元小说悖论","既让读者产生疏离感,又要求读者的参与"(Hutcheon,1988:x)。

尽管《潘姆鬼》遵循了传统历史小说的框架,但是作者将原住民的口述传统融进小说的叙事结构。小说的内容由三大部分组成,分别被称为"第一层真相""第二层真相"和"第三层真相",与小说中欧拉族长辈口述的"雅娜达之谜"相契合。原住民传说中的月亮女神雅娜达(Yanada)原为欧拉部落里一个年轻漂亮的女孩儿,她出生时就已经许配给欧拉族的冈杜维(Gonduwuy)为妻,但是却喜欢上了部落里的另一个年轻人延拉瑞。两个男子都是欧拉族优秀的猎手,而雅娜达与他们两人任何一个缔结婚姻都不违反族中的规定。欧拉族人担心不管雅娜达与谁结合,他们最终都会因争斗而相互残杀,最终导致族人挨饿,面临生存困境。雅娜达已经长大,精灵随时会将一个生命送入她的体内,令她怀孕,那时她就必须选择与其中一人完婚,欧拉族的麻烦就要降临了。一天清晨,雅娜达突然发疯了,嘴里胡言乱语,还用棍棒追打孩子和老人。负责医病的欧拉族人解释说,这是因为"她过于担心怀孕的后果,害怕两个猎手会自相残杀,她的身体因恐惧而分裂,邪魔进入体内导致疯癫"(Willmot,1987:117)。讲述这个传说的欧拉族长辈指出,故事有三层真相,第一层是"雅娜达变疯"的表面现象,第二层是医者的解释,也就是"别人眼中的真相",但是他却没有指出第三层真相是什么,他说"这是每个人内心隐秘的真相","不管大人、孩子,都应该自己去思考这层真相"(Willmot,1987:118)。小说叙事真正要突出的就是雅娜达传说中的第三层真相,后来由原住民领袖潘埒嵬口中解读出来,即"雅娜达自己选择了疯癫"。她牺牲个人利益,以保全原住民部族免遭分裂和挨饿的灾难。彩虹神灵知道她的秘密,将她带到了空中,就是人们所看到的月亮,为黑暗中的原住民带来光明和启示。口述传统是原住民传承文化的重要手段,其中蕴含着原住民的信仰、习俗和道德规范。雅娜达传说并不仅仅是一个浪漫的爱情故事,它指引原住民在危难面前做出抉择,部族的集体利益要重于个人的喜好,这也是小说中对潘埒嵬之死的解读。

潘埒嵬的名字在原住民语言中意为"大地",小说中将他塑造为原住民的保护神。在他眼里,原住民赖以生存的土地是神圣不可侵犯的,是他们"重振精神、获取能量的源泉"(Willmot,1987:275),原住民要捍卫与自己生活和信仰紧密相关的土地,不能向殖民者低头或屈服。小说呈现了潘埒嵬神秘而传奇的经历,他精通英语及多个原住民部族的语言,不只是总督亨特眼中"令敌人闻风丧胆的战士"和"难以应付的谈 判 专 家"(Willmot,1987:176),也是爱尔兰人麦克多诺(McDonough)眼中的"黑人哲学家"(Willmot,1987:68-69)。而且,他性格暴烈,擅长魔法,连原住民族人都无法窥视他深邃的思想(Willmot,1987:212)。他多次被殖民者的火枪击中身体要害部位却未死,被殖民者俘获后镣铐加身,在奄奄一息时却能在妻子的咏唱中复活并逃脱。他能够从自己部族的土地上获得能量,在父亲及世代祖先的梦幻(Dreaming)圣地预见原住民的未来。不止如此,他还能够兼容并包,与从殖民地逃出来的爱尔兰裔流放犯人结成同盟,在他们的帮助下,潘埒嵬在战斗中采用新的战术,对抗击殖民者的军队非常有效。

潘埒嵬不只捍卫原住民神圣的土地,而且坚守原住民律法和道德准则。他郑重地表示自己"永远不会变成白人"(原住民语:Tyerabarrbowaryaou)(Willmot,1987:186),不会像白人殖民者那样把土地用篱笆隔开。在原住民眼里,各部族之间的地域边界是各种自然景观,如潮水湾、河道、突出的石壁和山脉。这种土地观与西方文明征服和占有土地的世界观有着天壤之别,两种世界观的并置使白人殖民者借口原住民没有充分耕种土地、没有建造房屋和围墙,就将这里看作是"无主之地"、妄图将殖民侵略解读为合法居留的历史叙事显得苍白无力。当爱尔兰裔流放犯贾瑞维(Gurrewe)(此为他加入原住民部落之后的名字)劝说潘埸鬼抢夺殖民者军队的火枪来以牙还牙时,潘埸鬼拒绝了,他认为长矛才是原住民的武器。同时,他也不同意像欧洲人那样,靠牺牲同族人的生命来换取胜利。为了让这些加盟的流放犯人明白他的选择,他向提出建议的爱尔兰人贾瑞维表明,这就是他的第三层真相,也就是他个人内心的选择。

为了对抗充斥着文化霸权的官方历史,威尔莫特还在小说叙事中融入了原住民口述历史的说唱风格。尽管在欧拉族里以本纳隆为代表的一部分原住民认为,英国人会为他们的社会提供帮助,潘埸鬼从一开始就看出了英国殖民者掩盖在虚伪外表下意图盗取原住民土地的本来面目。潘埸鬼在与第二任总督亨特的对话中,用原住民的吟唱方式道出了他们心底反抗的声音:"这片土地痛恨你们。即使你们将我们杀光,这片土地也鄙视你们,它永远不会成为你们的国度。它会将你们焚烧,让你们挨饿,让你们饥渴。它会杀死你们的动物,囚禁你们的灵魂,将你们变成最丑恶的民族"(Willmot, 1987: 117)。

根据作者威尔莫特的解读,潘埸鬼的死本身也包含着三层真相。第一层真相就是他被英国士兵击中,又被砍下头颅而死的表面现象。第二层真相是他人对事件的解读,也就是说,在殖民者眼中,潘埸鬼的不死神话被打破,他最终难逃死亡的命运。然而,小说却揭示了潘埸鬼之死的第三层真相。潘埸鬼在父亲的梦幻之地预见到了未来,"尽管他眼中看到的是森林,脑海中却浮现出开阔的空地和农场"。而当他绝望地呼喊"我该怎么做"时,"土地的回声在山坡上飘荡,充满了焦虑。它们给他警示,但却是无形的;没有具体该怎样应对的话语,只透着忧伤"(Willmot, 1987: 275 - 276)。这是潘埸鬼对未来悲剧性结局的一种预感,他知道自己的部族与殖民者从数量和武器装备上明显不对等,预见到如果继续抵抗英国的军队,原住民将被屠杀殆尽。尽管潘埸鬼一直在抵抗英国军队,但是一直追随在潘埸鬼左右的齐拉班看到了他的变化,"潘埸鬼依然很有魄力,但是却显得脆弱而不安"(Willmot, 1987: 293)。当潘埸鬼击败了新一任英国军官的队伍之后,他却仰望天空哀叹,"我每击败一个巴林顿(Barrington),又会有无数个新的巴林顿出现"(Willmot,1987:293)。所以,在小说叙事的解读中,潘姆嵬之死的第三层真相就是他像传说中的雅娜达装疯一样,自己最终选择放弃抵抗,因为每一次的抵抗都会使自己的族人遭受大范围的死伤,他再也无法承受这种压力和责任。为了使原住民免遭被灭绝的厄运,他只能做出牺牲自己的抉择。

海登·怀特认为,"历史事件本身是散乱的",要想形成完整的历史叙事,就要经过"情节编排","通过人物刻画、主题重复、语气转换、不同视角以及其他叙事策略,对其中的一些事件进行压制,使其服务于另一些事件,使这些事件得以突显"(1974:281)。澳大利亚殖民时期的历史突显了以欧洲为中心的价值判断标准,压制了原住民的声音,歪曲了原住民的形象。威尔莫特在《潘姆嵬》中运用原住民视角、原住民传说故事、元叙事等多种手法,重构了原住民与白人殖民者最初接触时的那段历史,向读者展现了在历史记载中处于完全缺场状态的原住民,也有自己的社会道德标准和丰富的文化内涵。这质疑并颠覆了白人的视角,使充斥着霸权的殖民历史叙事被解构,变得支离破碎。

3.3 《心中的明天》:原住民混血儿的身份回归

《潘姆嵬》采用了线性的时间叙事,从文类上判断属于典型的历史小说范畴。与之相比,吉姆·斯科特的小说《心中的明天》在文类上则更趋多元化,虽然具有一定的历史小说特色,但作者又以半自传的形式将原住民长辈口述的家族历史与引入文中的大段殖民时期的历史档案并置起来,并借助讽喻、空间叙事、元历史叙事等多种手段,向西方历史小说中传统的时间叙事结构发起了挑战。作者旨在质疑并颠覆官方历史中以文明进步为价值判断标准的社会达尔文主义,抨击澳大利亚政府采用同化手段淡化原住民血统、将原住民"升华"到白人行列的种族主义歧视政策,探讨原住民混血儿后裔的身份归属问题。

自1788年英国第一舰队在悉尼植物学湾登陆以来,英国在澳大利亚大陆的殖民地开拓就大规模展开了。在西澳大利亚，殖民者并没有像在东部那样受到来自原住民的大规模反抗。他们为了建设殖民地，将原来居住在这片土地上的努恩格（Nyoongar）原住民部族驱逐出去，把他们圈禁在位于殖民地城镇边缘条件恶劣的原住民定居点，不允许他们像以前那样靠狩猎、采摘为生。在这些白人殖民者看来，纯血原住民注定会灭绝。殖民者打着改良原住民基因的旗号奸淫蹂躏原住民妇女，并将她们生育的原住民混血儿从母亲身边强行带走，目的是为了避免原住民混血儿出现"返祖现象"。这些完全脱离原住民社会和文化的原住民混血儿在澳大利亚历史上被称为"被偷走的一代"，这种基于社会达尔文主义理论倡导种族改良的同化政策，对原住民的身心造成了巨大伤害。① A. O. 内维尔（Neville）就是种族改良政策的积极推行者，他在1915年至1940年期间担任西澳地区原住民首席保护官一职，主张通过改良原住民血统"升华"原住民。根据他宣扬的所谓科学理论，通过合理的配种，原住民的血统和肤色可以被白人吸收和稀释。他在当时的澳大利亚报纸《每日新闻》（Daily News）上发表了一篇《黑色可以变白：原住民升华工程》的文章，其中有一段文字是这样描述的："通过白人不断地吸收，澳大利亚的黑人原住民最终会变成白色。这已在四分之一血统的原住民身上得到证实。这就像一小股肮脏的溪流汇入清澈的大河一样，最终溪流的颜色将消失殆尽"。② 内维尔的言论充满了对原住民的种族歧视，是当时倡导和推行原住民同化政策的典型代表。

在小说《心中的明天》里，男主人公哈利（Harry）的祖父欧内斯特·所罗门·斯盖特（Ernest Solomon Scat）是 A. O. 内维尔的远房亲戚，也是内维尔人种改良观点的积极实施者。欧内斯特听到内维尔宣扬的种族改良言论之后，热血沸腾，想起了自己到达澳大利亚的第一天在原住民圈禁营奸污一个原住民女人的情景。他的情欲和内疚转变成在"升华"原住民的工程中大显身手的决心，他想在其中"扮演一个更为积极

---

① 大规模掳走原住民儿童的政策一直延续到第二次世界大战结束，即使在1948年澳大利亚签署了《世界人权宣言》之后，这一政策还在隐秘地、变相地执行着，直到1970年才被完全废止。

② Auber Octavius Neville, "Black May Become White: Work of Elevating the Natives", *Daily News*（3 October 1933），转引自吉姆·斯科特《心中的明天》小说正文开始之前的扉页。

的角色"(Scott，1999：32)。对他而言，"这是一场挑战"，"尽管想做一个征服土地的开拓者仿佛已经为时过晚"，"至少还可以为驯化本土的居民做出一定的贡献"(Scott，1999：32)。小说主人公哈利就是祖父这项社会工程规划的成果，他从小由祖父抚养长大，却对自己的原住民血统毫不知情，祖父妄图通过割断他与原住民亲属的联系，将他"升华"为家族里的第一个白人。哈利 16 岁时才从父亲口中得知自己是原住民混血儿，而父亲还没有来得及详细解释，就在交通事故中丧生，从事故中康复的哈利谴责自己是杀害父亲的凶手，并开始追溯自己的身份渊源。小说的叙事战场在两种并置的立场中拉开，一面是祖父记录自己的社会改良工程进展情况的日志以及他整理的相关历史档案，另一面则是哈利的原住民亲属杰克舅舅和威尔舅舅讲述的家族历史。小说中的历史档案主要来自西澳地区原住民首席保护官 A.O. 内维尔的《澳大利亚的有色少数人种：它在社群中的位置》(Australia's Colored Minority：Its Place in the Community)(1947)一书以及官方档案中收录的内维尔和当地警察之间的往来书信。

　　在小说中，为了实施对原住民的社会改造工程，欧内斯特与警官霍尔的养女兼仆人、有着四分之一原住民血统的凯瑟琳(Kathleen)完婚。在哈利的叙述中，这桩以"拯救"原住民为目的看似平等的婚姻却是欧内斯特和警官霍尔达成的一笔交易：

　　　　他们谈到了繁衍和升华。这两个毛茸茸的天使希望把人捉到自己的臂弯里，将他们拽到和自己一样的高度。他们的脑海里不时闪现出画布上所绘制的耶稣升天时与白白胖胖的小天使一同盘旋升起，这一被光环笼罩的场景。他们看到了通往金字塔顶端的石阶，意识到即使台阶明摆在那里，有些生物也根本无法继续攀升。道德高尚的他们坐在顶端，不，他们看不见自己面露嘲讽的神色，看不见自己大笑着，向下面的人施舍着残羹剩饭。(Scott，1999：75)

　　这里，作者从原住民的视角将白人高高在上的姿态以及歧视贬低原住民的丑恶面目表露无遗,使白人身份的社会意识形态建构得以现身,白人看似天然的、中立的和隐蔽的立场变成了昭然若揭的种族优胜论。在这桩令欧内斯特感到自豪的交易中,原住民女孩凯瑟琳没有任何选择的余地和话语权。当他们询问她是否喜欢欧内斯特时,她只能点头,因为"她知道他们想让她做出肯定的答复"(Scott,1999:74)。这场不平等的婚姻自然避免不了悲剧性结局,欧内斯特因凯瑟琳没能为他生养儿子而大失所望,他又收养了一个原住民混血儿女孩托普茜(Topsy),并且完全无视凯瑟琳的存在,当着她的面奸污托普茜,并对外宣称托普茜才是他的妻子。托普茜比凯瑟琳更加逆来顺受,她"除了变成白种女人没有其他选择"(Scott,1999:368)。她为欧内斯特生下了儿子汤米(Tommy),也就是哈利的父亲。为了使托普茜的肤色变得更白皙,欧内斯特把她按在加入漂白剂的热水里洗澡,还会经常从火车站带回原住民女孩儿做帮佣。在儿子汤米的眼中,欧内斯特会经常拥抱这些原住民女孩儿,"帮她们整理枕头,翻弄被子"(Scott,1999:158)。这些故事是威尔舅舅和杰克舅舅讲述给哈利的,哈利在转述时用讽刺的语气质疑祖父欧内斯特的行为,"厄尼是不是觉得自己在完成一项无私的任务?他根本没有想到,他所做的这一切只是为了帮助这个不同的种族变得更像他自己?他想用他自己的形象来重新塑造我们,使我们升华到他的水平。"(Scott,1999:158)

汤米接受了白人教育,本可以成为家族里培育出来的第一个白人,但是1936年新颁布的《原住民法》规定,只有"1936年1月31日之前出生的少于四分之一原住民血统的混血儿"才能被视为白人(Scott,1999:149)。而汤米则不符合规定,所以"汤米处于一种困境,他自己都搞不懂自己的身份,外祖母给了他自豪感和精神支柱,但是厄尼和凯特阿姨又总是合起伙来羞辱他,让他四处逃避"(Scott,1999:364)。欧内斯特从原住民家族里培育出第一个白人的社会工程没有停止,厄尼有着"科学的头脑",他"要把一项实验进行到底,看到不可逆转的证据"(Scott,1999:432)。他把希望寄托在汤米的儿子,也就是小说的男主人公哈利身上:"接下来祖父把目标对准了我,把我送到寄宿学校上学,放假时就和他一起住在他开的旅馆里。我的祖父在完善他的工程。他肯定怀疑在父亲身上他是失败的,现在是他纠正错误的最后机会。"
(Scott,1999：367)

以内维尔和欧内斯特为代表的社会达尔文主义者不只是想通过
"配种"稀释原住民的血统,让他们在外貌上的原住民痕迹逐渐消失直
到完全被清除,更重要的是,他们要切断原住民的文化传承,用西方的
教育模式彻底改变原住民的思维方式。他们将这些混血儿从原住民亲
属身边强行带走,使得他们对原住民语言和文化一无所知:"他们的英
语,通过重新建构……严格监管……寄宿学校加上合理配种……将病
灶切除……就可以像一小股脏水汇入清澈的大河一样被吸收并稀
释……"(Scott,1999：74)。欧内斯特切断了哈利与所有原住民亲属的
联系,隐瞒了他的原住民血统。当哈利最终从父亲口中得知自己身上
的原住民血统时,感到愤怒、自怜和绝望:"似乎在祖父馈赠给我的短暂
的家族史中,我已经别无选择。这进程仿佛势不可挡,由我们变成我,
把原本丰富多彩的集体变成了不堪一击、精神匮乏的个体"。(Scott,
1999：31)被切断了原住民根基之后,哈利的世界变得一片虚无:

> 作为家族中成功培育出来的第一个白人,我清醒过来时发现
> 自己承受着可怕的压力,而鼻子和前额处的压力尤其大,感觉自己
> 好像是失明了。实际上,根本无物可看,只有正前方的茫茫白色,
> 这片白只有表面,没有深度,也没有任何变化。最终,我意识到自
> 己的脸贴在了天花板上。(Scott,1999：11)

作者吉姆·斯科特在此处运用了魔幻现实主义的写作手法,哈利
飘浮在空中的状态象征着原住民混血儿一代经过澳大利亚的同化政
策,被切断了与族人和土地的联系,失去了民族文化的根基,只能飘浮
在空中。哈利的鼻子、前额所承受的压力以及阻挡他视线的白色天花
板,喻指白人社会妄图通过教育改变原住民的思维方式和世界观,剥夺
他们与原住民族群的认同感。同时,"只有表面,没有深度"的天花板也
象征着白人身份,意在讽刺他们的文化浅薄,没有内涵,在澳洲大陆上
没有历史根基。尽管在持有种族优胜论的殖民者眼里,同化政策是在

提升原住民的身份,但是他们却失去了文化根基,而只能飘浮在空中。作者通过哈利的特定视角,重新建构了白人身份,对殖民者的人种改良学说表达了无尽的嘲讽,表明他们想要灭绝原住民的种族改良理论如空中楼阁一般,毫无根据可言。哈利同时指出,祖父也是飘在空中的:"那时,欧内斯特·所罗门·斯盖特浮在空中,四处观望。他触摸到了堤岸、铁路、被电话和电报缆线覆盖的道路。他却几乎没有触碰到土地。他一生都飘浮在空中,但与我的情况不一样,他自己竟然从未认识到这一点"(Scott,1999:52-53)。白人身份在这里被重新建构,将内维尔和哈利祖父所倡导的种族灭绝言论抨击得体无完肤,同时讽刺西方文明无法与土地相接,欧洲殖民者在澳大利亚大陆上没有历史根基,也没有精神依托。作者通过哈利在经过白人同化之后只能像祖父一样飘浮在空中的事实说明,这种所谓升华后的白人身份是苍白的,既没有文化内涵,也没有历史根基。

小说中各种白色的意象围困着像哈利一样被同化的原住民混血儿,企图将其吞没,让他们感到彷徨无助。"白色的沙滩""白色的船帆""白色的衣服""白色的塑料桌布""白色的灯光""白色的垃圾""白色的巧克力""白色的鸟""白色的花朵",尤其是反复出现在小说中被白色浪头不停拍击的小岛,更表现出原住民被同化后陷入孤独无助的困境。在父亲汤米的葬礼上,哈利描述了这座孤岛:"一小群人低着头,围在坟墓周边。微风从树上吹下一朵橘色的花儿,它张开的花瓣儿像浆叶般在风中打着转儿,向着远方蔚蓝的大海中一座小岛飘去,白色的浪头不断拍打着岛的边缘(Scott,1999:20)。这里用介于黑色和白色之间的橘色代表原住民混血儿的肤色,这些混血儿的文化根基被切断,只能孤零零地随风飘去,而其飘向的小岛则象征着挣扎在困境中的原住民。"白色的浪头"意指殖民者的西方文明,它"不断地拍打着岛的边缘",大有将小岛整个吞噬之势,原住民混血儿一代就像"没有根基的明艳的花朵,可以自由地飘向小岛"(Scott,1999:86)。

孤岛意象在小说中多次出现,它代表着原住民的家园。从远处看去,它"孤零零地缩成一团儿,看起来还没有云彩显得真实"(Scott,1999:217)。月色中的孤岛也忍受着白色浪头的侵袭,它"凝结成一个黑色的小块儿,在岛的一侧,白色的浪头不停地闪烁着,涨涨落落,那白色的脉搏清晰可见"(Scott,1999:110)。但是当哈利用钓鱼线拴住身体在空中四处飘荡时,他"从空中俯瞰的视角"(Scott,1999:164)看到的小岛却又呈现出一番不同的景象:"地平线向远方移去,小岛不再停靠在地平线上,而是屹立在海的中央,岛边的白浪不再像以前看上去那样与岛碰撞出千姿百态的形状,而是陷入海陆相接处的裂缝里,像时隐时现的花朵"(Scott,1999:162-163)。哈利飘在空中形成的三维空间对地平线上看到的二维景象提出了质疑,也表现了原住民尽管处于困境,却依然可以在海浪中岿然屹立,而平视远方时看似凶猛的海浪在哈利俯瞰的视角下却失去了气势,被海陆之间的裂缝吞噬。此处表达出哈利在与两位原住民长辈的交流中逐渐寻回了民族根基,对原住民在困境中求取生存充满了信心。

对于祖父的社会改良工程,哈利先是愤怒,继而采取了各种抗争行动。祖父在中风以后,走路摇摇晃晃,生活需要哈利的照顾,也失去了控制哈利的权威。哈利在祖父的书房中找到了一本每页都做满笔记的书,扉页上还有几个"祖父绘制的家谱","严格说来,是用线条勾勒出的图表",而"每一张图表的末端都是我的名字"(Scott,1999:27)。哈利不想变成一个简单的"句号",使原住民血统和文化就此终结。他开始采取各种方式表示抗争,破坏祖父"升华"原住民的计划。他"一边快速地翻阅着资料,一边让它们自由落体"(Scott,1999:26),把祖父悉心收集和整理的各种档案从抽屉里拽出来,扔到地上,搞得"书本四处飞扬,索引卡片惊恐逃窜"(Scott,1999:27)。愤怒的哈利"就像是一股狂风,将那些长方形的纸片刮得翻卷起来,像船帆一般往屋角飘去"(Scott,1999:28)。尽管祖父对改良原住民的实验工程感到自豪,认为是帮助原住民在人种上得到了"升华",在哈利的眼里这却是毫无根据、子虚乌有的言论。哈利要对祖父的改良工程表示抗争,"我只承继了一边家族的传统,而丢弃了另一边,我希望把这个抚养过程颠倒一下,不仅仅是为了我的子女,也是为了我的祖先,以及他们的子孙。因此,归根结底,还是主要为了我自己。"(Scott,1999:19)

哈利出了车祸之后,和祖父一起搬到海边的一处比较偏僻的房子里。窗边有一棵高高的灰白色的橡胶树,树干高过了屋顶。祖父"觉得树根威胁到了地基",就让哈利把树砍掉。祖父写道:"砍倒那棵树。烧掉它,挖出它的根。"这棵本土生长的灰白色橡胶树象征着血统被淡化的原住民混血儿,祖父的命令则代表着意图切断他们根基的同化政策。哈利认为,"祖父可能还会加上这样的字眼儿:取代他们,驱散他们,消灭他们"(Scott,1999:107-108),这一切都代表着白人殖民者对原住民的种族歧视思想,甚至是种族灭绝言论。而祖父就在下达完砍掉那棵大树的命令的当天,突然得了中风,卧床不起。哈利只是剪去了伸到窗前的树枝,躺在床上的祖父"透过窗户,看到树已不见踪影,脸上露出感激的微笑"(Scott,1999:108)。然后哈利就把祖父抱到外面,当祖父发现哈利"只是剪掉了挡住窗户的树枝,而整棵树却安然无恙"之后,他的反应让哈利感到了一种报复的快感。哈利甚至还在想象中"把祖父从地上举起,把他的脖子和下巴挂在两个被截短了树枝的枝杈上,让他感受一下自己的体重有多大"(Scott,1999:108)。

哈利又将这种仇恨转嫁到这处祖父购置的位于海滨的房子上。这是一座地基牢固的石头房,在哈利眼里,它象征着围堵限制原住民自由的西方文明和殖民帝国。于是,哈利开始了拆除这座房子的工作:

> 叮当,叮当。我开始凿除这座古宅石墙上的灰泥。我不太想提及此事,它在这个故事里仿佛极具象征意义。但除此之外,我还能做些什么呢?这是事实啊。叮当,叮当。有太多的墙需要凿除,而我每次的进度却只有一点点。我无精打采,但是这项工作,加上我使用的工具,以及装进我口袋里的灰泥碎片,至少能够让我固定在地面上。(Scott,1999:24)

这里凿墙时发出的重复的叮当声酷似原住民说唱的节拍,哈利用凿除石缝里的灰泥来表达他对殖民者同化甚至残害原住民的抗争。这座房屋就像是殖民者所建构的帝国神话,哈利要将其拆除,解构这充斥着霸权的帝国叙事。

《心中的明天》在写作风格上利用多维度的空间叙事将视角从水平

的二维叙事拓展为立体的空间维度，表现出原住民文化信仰中的时间循环意识和空间意识，以此来书写原住民自己的历史。西方的历史叙事以线性发展、文明进步为特色，在这种叙事里，澳大利亚的原住民被定型为原始人类，需要白人帮助升华、纯化，否则只能面临灭绝。哈利在翻阅祖父书房档案的过程中，发现祖父欧内斯特将所整理的各种档案资料都用各种索引卡片进行了科学分类，将自己原住民家族成员的照片严格按照"纯血、黑白混血儿（第一代杂交）、四分之一原住民血统的混血儿、八分之一原住民血统的混血儿"的顺序排列，每张照片的后面都用"各种分数以及这些分数交叉缠绕在一起而形成的各种组合"加以说明，而哈利本人则是"里面是一个数值很小的分数"（Scott，1999：26）。这意味着在祖父的眼里，哈利已经被成功地"升华"为原住民家族的"第一个白人"，这令哈利感到恐惧不安。为了对抗祖父欧内斯特所代表的殖民历史叙事，小说中运用空间叙事手法，跳出了西方线性叙事的圈套，意图打破代表西方发展观的时间叙事的羁绊。哈利不只无视祖父每一处文字都要提供证据的要求，在写作时充分发挥想象，作为小说的叙述者，还故意把事件发生的顺序打乱，在不同的时空之间不断切换。正如哈利自己所承认的："我又一次把事情混置在了一起"，"没有按照正常的顺序"（Scott，1999：97）。

在哈利讲述过去发生的事件时，偶尔也会使用一般现在时和将来时态。例如，当他描述盖巴鲁普（Gebalup）的原住民混血儿被驱赶到原住民保护区时这样写道："他们中的一些人，汇入到不可逆转的大潮中，成为其家族中诞生的第一个白人。剩下的，则不论其是第一代混血儿还是有几分之一的血统，大多数都将走向一个不同的未来。"（Scott，1999：97）这种用一般现在时和将来时态描述过去事件的手法，使得事件混置的效果得到进一步的增强。文中很多描述都体现出了作者对西方文明秩序的挑战，连杰克舅舅观察到的地平线移动的方向都跟他阅读文字时的顺序相反：

> 杰克·坎特朗常常眺望远处的地平线，看着它从右向左移动，竟然与他学习认字的顺序刚好相反，直到地平线的两端重合在一

起，世界突然裂开了一条缝，一朵白色的浪花从中间喷薄而出。它张开花瓣，又凋谢下落，可能还将自己的种子播撒了出去。每朵浪花看似不同，却又相同。（Scott，1999：261）

这里从地平线重合之处"喷薄而出"的白色浪花就像是被同化的原住民，尽管力量微弱，也没有放弃抗争，即使失败，即使消亡，但他们播下了种子，他们的后代会继续抗争下去。这些浪花看似是不同的个体，但却是同呼吸、共命运的一个种族。

与祖父收集资料时随时都要求提供证据不同的是，哈利的叙述突出了一种不确定性。哈利在介绍他的原住民亲人时，故意打破时间的顺序，使小说中原住民角色之间的关系变得错综复杂，以此来对抗和讽刺像祖父欧内斯特这样的社会达尔文主义者所特强调的科学方法。库尔曼（Coolman）死后，木材厂被收回，整个原住民家族由白人警察监管，送往圈禁原住民的保护区，然而范尼却趁监管人不备跳下了火车，永远地留在了家园。在范尼消失之后，官方档案中却再次出现了范尼·本昂（Fanny Benang）的名字，一位警官在报告中声称目睹一位叫范尼·本昂的原住民女人带着两个孩子在沃拉普港（Wirlup Haven）和杜比奇湾（Dubitj Creek）之间的乡间流浪。尽管哈利猜测这应该是范尼和老森迪的另一个女儿黛娜（Dinah）和她的一对儿女，但是他又说也不排除范尼逃跑后"返老还童"，"或者与死去的老森迪团聚后设法使他们所代表的精神复活，以应对家族中接连发生的背叛"（Scott，1999：103）。在原住民看来，土地和自然具备复原的能力，范尼所代表的原住民传承会在原住民混血儿身上复活，成为他们精神信仰和文化归属的源泉。

同时，各种意象在小说中循环出现，体现了原住民文化的时间循环意识。在原住民的宇宙观中，过去、现在和未来不是线性的发展，而是循环交织的，是没有起点和终点的。而这些反复出现的意象又将小说的叙事串连在一起，不同时空发生的事件交叠在一起，来对抗以发展进步为特征的西方文明，完全打破了时间叙事的限制。咏唱和口述是原住民文化传承的重要方式，形成了他们的口述传统。小说开篇以哈利飘浮在营火上空唱歌开始，结尾又以这种歌唱结束，终点亦是起点，代

表着原住民文化中循环往复的时间观念。当哈利在寻根途中,第一次在营火边唱歌时,他感到非常紧张和尴尬:

> 当我第一次在营火边唱歌时,身体随着我的歌声上下飘荡,一个刚刚经过介绍而相识的表弟走过来想和我一起唱,但是我们却怎么都合不上拍。他大声说:"别紧张,放松点儿,你这个唱法跟那些白人又有什么两样?"说罢,一跺脚,离开了。我忍住眼泪,让歌声变得更自然些,我上下漂浮着的身体就像一个迪节里杜号角①那样打着节拍,只是曲调还是太高,也不够沉稳,过了一会儿表弟又回到了营火边。(Scott, 1999:87)

哈利飘在空中唱歌的场景有多重的象征意义,在哈利看来,歌唱更能表达原住民的心声,代表了混血儿原住民身份的回归。通过歌唱,他与原住民亲属重新建立了联系。同时,原住民祖先也跨越时空,他们的心声通过他的歌声得到了表达:

> 唱? 也许用在这里并不恰当,因为这不是真正的歌唱。而且,真正唱歌的也不是我。因为,尽管整个表演过程中我只碰触过一次地面,在白色的沙滩和灰烬中只留下一个浅浅的脚印,但是通过我,我们听到了许多只脚踏出的声音,听到了无数心脏强有力的跳动声。(Scott, 1999:7)

另一个循环出现的意象是萦绕着整个小说叙事的一种"气味"。正如加西亚·马尔克斯的《百年孤独》一样,斯科特运用魔幻现实主义的写作手法,使"气味"变成了衔接不同时空的隧道。在小说开头,哈利的曾曾曾外祖父母,范尼和老森迪·梅森带着他们的儿子小森迪在政府提供的饮用水罐旁边,被"一股腐臭的气味熏得捂住了鼻子"(Scott, 1999:8),他们以为是腐烂的袋鼠尸体。然而,时空瞬间切换,哈利借助

---

① 迪节里杜号角(didgeridoo),是澳大利亚原住民使用的低沉音木管乐器。

祖父收集的历史档案指出,祖先所闻到的那股腐臭的味道来自被扔在路边的一个原住民男孩儿的尸体。根据档案记载,当时"凯利湾的卫生委员会曾经给管理原住民事务的部门写信,要求提供资金来处理刚才提到的那个孩子的尸体,黑人把他扔在了城镇边,危及镇上人的健康。"(Scott,1999:9)哈利同情原住民男孩儿的遭遇,在阅读档案时也"闻到了一股气味,那是什么东西被丢弃,任意漂流,直到现在才被冲到岸边的气味。那是紧张、愤怒和背叛的气味"(Scott,1999:9)。这股背叛的气味也发自那些放弃了原住民传统的混血儿,在家族中有些成员"高高兴兴地坐在那里用漂白剂洗澡时"再一次被闻到(Scott,1999:387)。当哈利的父亲死于车祸时,哈利有一种被出卖的感觉,也闻到了"一股臭气熏天的味道"(Scott,1999:444)。当原住民陷入绝境之时,"腐臭的味道"再次来袭,"几乎没有了生机,没有食物,没有水。到处都是谋杀"(Scott,1999:481)。这股腐臭的气味代表的是对原住民传统和文化的背叛,既有来自白人社会的围困,也包括原住民社会内部因种族歧视的隔离和同化政策而产生的分裂。气味的循环出现,将不同时空的原住民艰难抗争的生存历史串联起来。

尽管哈利采取了各种方式来表达对祖父的种族改良工程的反抗,但他也深感势单力薄。为了探求自己的原住民根源,回归原住民身份,在原住民亲属威尔舅舅和杰克舅舅的指引和带领下,哈利踏上了他的寻根之旅。他以祖先曾经生活过的地方为核心描述整个旅程,用空间叙事打破了线性的时间叙事。在整个行程中,威尔舅舅和杰克舅舅的讲述在过去和现在的时空里任意穿行,哈利从他们的故事中重温家族历史。在小说中反复出现的"营火",也是非常重要的意象,它是原住民分享家族故事的地方,像一个能量源将原住民家族团结在一起。在小说开篇,人们就在营火边围成一个小圈听哈利唱歌,每当原住民家族面临困境时,营火都给他们带来温暖和希望,成为他们寻求归属、承继家族传统的动力源泉。在整个寻根旅程中,每到一处,他们都会暂作停留,生起营火,听威尔舅舅和杰克舅舅讲述在这里发生的家族故事。最后,哈利漂浮在营火的烟雾中,更加卖力地歌唱:"我要说出我的心声,我要告诉你们我就是一个更加古老的故事的一部分,它伴随着海边亘古不变的涛声，回归，回归，留守……我并不是形单影只。我要申明，在我脚下的灰烬里有许多故事……"(Scott，1999：495)营火、气味、歌唱这些反复出现的意象形成了一种重复、循环的叙事结构，是作者对抗殖民历史线性叙事和种族改良主义的发展进步论的有效手段，也体现了原住民宇宙观中时空交汇的循环叙事风格。

在澳大利亚西部殖民开拓初期，哈利的努恩格部族祖先曾经遭到白人殖民者的驱赶和屠杀，那一幕场景实在是惨绝人寰：

> 可能在马上驰骋着射击、在人身上打洞是件令人兴奋的事儿，看着他们乱作一团，四处摸索找寻身边可以用来防御的东西。马蹄乱踏，后退、转身、装弹、射击。在他们眼里，这些被猎狗撕咬踩躏的不是人类，不是男人、女人和孩子。
>
> 之后就有了他们的言论。噢，他们本来就不能称之为人，和我们不一样。我们要比他们高级（这就是我们的证据）。(Scott，1999：175)

此处在小说叙述者的语气中满是讥嘲和愤怒，再现了充斥着种族歧视言论的殖民话语，指出种族优越论总是基于残暴行径的。德里达(1982：213)指出，西方思维模式是一个"白色神话"，它"擦掉自身形成的瑰丽背景，但是隐身在白色墨迹下复写层中的架构却依然活跃，并在不停地扰动着"。通过原住民的视角，殖民叙事中隐藏的意识形态从"复写层"中得以显现。为了重新建构努恩格部族充满创伤的历史，哈利和威尔舅舅、杰克舅舅一起，回到部族人被屠杀的现场，捡拾收集在屠杀之后被焚烧和埋葬的祖先尸骨[①]："收集它们，把所有的尸骨摆放起来，让它们一起安息。尸骨，白得如年轻一代的皮肤，孩子们的生命继续，肤色越来越白，就如死去一般。"(Scott，1999：269)这段简洁的文字富有原住民的歌咏风格，言辞铿锵有力，表达了原住民对那段被屠杀、被压迫以及后代遭到同化的历史的愤怒和悲哀。这里白色尸骨象征着

---

① 小说封面上肤色深浅不一的原住民站在烈火中炙烤的一幕即再现了原住民遭到屠杀和焚烧的场景。

原住民混血儿一代在不断被"洗白",逐渐走向灭绝。

在殖民历史档案和原住民口述历史并置的空间叙事里,小说还引入了另一个维度,即利用元叙事方式展开叙述者(也是文中的隐含作者)与读者之间的直接对话:"我感谢你们的关心,尽管我的叙述飘忽不定,不切正题,感谢你们仍坚持着读到现在。我满怀感激,我的感激超出了你们的想象,请相信我。"(Scott,1999:22)这里,叙述者反复强调自己的感激之情,以期得到读者的同情和共鸣。而这种对话式文体又类似于原住民口述历史中长辈给年轻人讲故事的风格,既向传统的西方小说的叙事风格发起了挑战,又体现了原住民的口述传统。

为了得到读者的理解和同情,元叙事声音还不时地解读作者在写作过程中做出的各种选择。在小说中,许多原住民角色的身份都非常模糊,分不清辈分,有时还重叠在一起。虽然哈利称呼杰克和威尔为舅舅,但他们都只是他"母亲的远房亲戚"。哈利用元叙事的声音对读者做出了这样的解释:

> 我又一次把我们这些人都混在了一起,让你们感到费解。就仿佛我们不只是个体的存在,仿佛没有进步或者发展的概念,仿佛这段历史只是一个主题变换形成的不同版本而已。毕竟,我要讲述这个故事,和你们分享我这并不宏大的家族历史。(Scott,1999:367)

哈利想要说明的是,原住民作为一个整体的概念,是各种原住民角色的叠加,他们之间的纽带是切不断的。他们的反抗,不只是个体的行为,而是作为一个民族祖祖辈辈共同的行动。哈利作为一个叙述者和作者向读者表达,原住民借助英语写作进行抗争是为了借此使原住民走出孤立的处境:"尽管我们感觉不适应,但这却是一种可行的方式,希望我们借此能得到你们中更多人的理解,通过手掘锤凿,打破既有的孤立,从内部拆除我祖父创建的现实中的文字监狱";"我写下这个故事是为了拥抱你们大家,这是我用这种我们所共用的语言能做到的最好选择。当然,还有另一个更古老的语言也在诉说着同样的故事。"(Scott,

1999：495)哈利尽管希望得到更多读者的理解,但在话语中又对与殖民叙事形成话语共谋的白人读者表示谴责,也暗示着原住民时至今日依然要在种族歧视的困境中挣扎求生:"我这席话专门送给你们这些被我搞得局促不安的人,你们看到我就耻辱地背过脸去,或者,也可能是因为风把烟吹向你们,刺痛了你们的眼睛,让你们听到了千千万万个不同的心跳声,听到了浪花、树叶、草地的低语声……"(Scott, 1999：495)

《心中的明天》借用元叙事手法清晰地表达了作者斯科特重新书写原住民历史的愿望,同时又以空间叙事来质疑白人历史的建构特性,对西方传统的线性历史叙事形成了挑战,揭开霸权殖民历史的面纱,让被隐藏、压制的原住民发出庶民的声音。小说从原住民视角重新阐释了澳大利亚历史,原住民的声音和视角使白人霸权建构的意识形态暴露无遗,将白色的澳大利亚钉在了历史的耻辱柱上。正如原住民艺术家菲欧娜·富利(Fiona Foley)所表述的那样:"是无处不在的原住民视线将殖民者的注视映射出来,在这富有种族排他性的注视中,我看到的是一个无法言喻的、满是负罪感、处于尴尬中的澳大利亚。"(1995：8)

3.4　《卡奔塔利亚湾》:原住民视角的自主家园

《卡奔塔利亚湾》是著名原住民女作家亚历克西斯·赖特的代表作,2006 年出版后引起了文学评论界的热议,2007 年荣获了迈尔斯·富兰克林文学奖。此奖项在澳大利亚文学界的分量很重,其地位和影响相当于中国的茅盾文学奖。此外,该小说还荣获了澳大利亚文学社金奖、维多利亚州总理小说奖、昆士兰州总理小说奖,并获得澳大利亚图书行业奖选出的最佳年度小说称号。

按照西方文学的分类,《卡奔塔利亚湾》不算是一部典型的历史小说,它没有针对某个历史时期的具体事件或具体人物进行重述或反思。但是,小说叙事却又融合了原住民的过去、现在和未来,堪称一部恢宏的原住民史诗。1991 年,澳大利亚联邦议会通过了建立原住民和解委员会的提议,正式启动了和解议程,并提出十年内达成和解的目标。小

说《卡奔塔利亚湾》即向读者展示了基于这种和解的大背景,在 20 世纪
90 年代北领地卡奔塔利亚湾(Carpentaria Bay)附近的一座叫作德斯珀
伦斯(Desperance)小镇中发生的故事。与《心中的明天》类似,《卡奔塔
利亚湾》也采用了多维度的叙事策略,将两个不同版本的历史叙事并置
在一起,一是德斯珀伦斯镇上白人眼中的历史,一是普利科布什原住民
眼中的历史和现实。小镇的中心是白人居住地,东西两端住着普利科
布什原住民家族的人。

　　小说一开始就对澳大利亚的和解政策予以了抨击。跨国矿业公司
和镇上的社会工作者们打着"和解"的旗号,为使采矿能够得到当地原
住民的认可,他们把原住民选入地方管理委员会,"急于达成妥协,以便
采矿业可以蓬勃发展"(Wright, 2006a:8)。这种"有目的性的和平共
处几乎愿意满足一切需求",甚至包括将当地的一个河流改名为"诺姆
河"(Normal's River)(Wright, 2006a:8),因为诺姆·凡特姆(Normal
Phantom)是当地原住民家族的核心人物。然而,在这段被称为"蜜月
期"(Wright, 2006a:8)的采矿工作停止以后,"诺姆·凡特姆也好,他
的家人也好,或者他们家族的其他亲属——不论是过去的还是现在
的——在当地的官方历史中都没有丝毫记载。没有任何可查考的证据
表明他们的存在"(Wright, 2006a:9)。此处,原住民从当地的官方档
案中被完全抹除,这讽刺了所谓的"和解"政策的功利性和虚伪本质。

　　为了对抗这种充满西方霸权的官方历史叙事,小说以原住民口述
故事、信仰和律法为基石从原住民视角来书写原住民自己的历史。在
西方传统的叙事框架中,过去、现在和未来组成一个线性链条,历史沿
着文明和进步的阶梯向上攀升。而在原住民的宇宙观中,过去、现在和
未来却是交织在一起的,他们强调一种"永恒时间"(timelessness)的概
念,可追溯到太古时代(time immemorial)的原住民文化传承已渗透到
原住民的日常生活之中。

　　原住民口述传统中蕴含着原住民的精神信仰,人、神灵和土地三位
一体都融入了原住民的现实生活。这种融合从小说中人物的名字上就
能体现出来,诺姆·凡特姆(Normal Phantom)的姓氏在英文中分别是
"正常"和"幽灵"的意思。在西方观念里"幽灵"和"神明"都属于魔幻世

界,是与现实相对立的,原住民从祖先那里世世代代流传下来的口述故事也都是虚幻的神话传说。而在《卡奔塔利亚湾》中,这两个看似完全对立的词组合在一起,代表着原住民的现实生活与原住民传统的梦幻(Dreaming)文化之间的完美结合,从原住民视角来看,这是他们日常生活不可分割的一部分,不像西方那样将魔幻和现实看成两个对立的世界。这也是赖特不认可将《卡奔塔利亚湾》简单归入魔幻现实主义小说范畴的原因。正如原住民历史学家杰基·哈金斯(Jackie Huggins)所指出的那样,"我们从来不会将自己的故事说成是'神话',因为《圣经》怎么可能被称为神话呢?"(1998:85)哈金斯用西方基督教的《圣经》来反驳西方社会对原住民文化的解读,强调了原住民口述传统中的民间故事与其精神信仰息息相关,不能简单地用魔幻和神话来解读。凡特姆家族也代表着原住民的文化精髓和精神遗产,它们会像幽灵一样在澳大利亚大陆上永远存留,并由原住民代代传承下去。这一精神遗产既包括解释各种自然现象的知识,也包括保障和维持原住民社会交往和家族关系的各种律法。

虽然小说的背景设定在 20 世纪 90 年代,叙事却打破了时间和空间界限,以口述历史的形式展开宏大叙事,使原住民故事和原住民的现实生活紧紧交织在一起,彻底颠覆了基于西方文明价值观的白人视角。小说开篇即以口述历史的方式讲述了原住民文化中彩虹蛇创世的过程:

> 那条古老的大蛇是一个比暴风雨中滚滚乌云还要大的怪物,它满载着创世的神力,从星星上盘旋而下。倘若你们用翱翔在大地之上、苍穹之下的鸟儿的眼睛观察,就会发现它的动作十分优雅。俯瞰大蛇湿淋淋的身体,你会看到它在古老的太阳照耀下闪闪发光。那是远在人类出现并学会思考问题之前的太古时代。在几十亿年前,它从天而降,肚皮贴地,在卡奔塔利亚湾潮湿的泥土之上笨重地爬来爬去。(Wright 2006a:1)

尽管赖特使用了标准的英语写作,但小说叙事却一直是以一种口述者和听众对话的方式展开,这种形式贯穿了《卡奔塔利亚湾》的整个小说文本,令读者不由自主地把自己想象成原住民后裔,正在聆听原住民长辈讲述从老祖宗那里代代传下来的故事,使自己置身于与原住民祖先及神灵交流的原住民梦幻之中。这里,古老的大蛇代表着原住民的宇宙观,它跨越空间界限,将天空和土地结为一体。它远在人类出现以前的太古时代就已存在了,现在和将来都是原住民现实生活的重要组成部分。原住民的永恒时间将"过去、现在和未来看作是一个有机整体"(Narogin,1990:95),对人类历史线性的时间叙事结构形成了挑战,在时间和空间的交汇处构建出原住民自己的历史。文中的原住民传说不同于西方文化中的传说故事,它们是原住民的信仰基石,与原住民的生活现实息息相关。彩虹蛇到了地面之后,就形成了蛇形的大河,"它是有气孔的,可以渗透一切","它像皮肤一样与河边人们的生命紧密相连"(Wright,2006a:2)。它为普利科布什人提供了"有关大河和海岸地区的内部知识",这也是"从开天辟地以来就流传下来的原住民律法"(Wright,2006a:3)。

在小说中,普利科布什原住民的文化传承和德斯珀伦斯镇白人的短暂历史形成了鲜明的对照,二者对历史的不同解读也被并置在一起。在原住民眼里,居住在德斯珀伦斯镇中心的白人"固执己见",又"反复无常",像是得了失忆症和妄想症。他们否认自己的过去,"城中白人都声明自己来历不明"(Wright,2006a:48),在来到德斯珀伦斯的新世界,侵占了原住民的土地之后,还借口说"人生来都没有土地,也不带什么行李"(Wright,2006a:61)。在原住民眼里,白人的历史短暂到"用一张纸就能画下整个家族的家谱",尽管白人"用小树棍在地上画直到他们认为到了无穷远的过去",而实际上,"他们的历史连真相的边儿都摸不着,只有两代人的记忆那么长"(Wright,2006a:49)。

德斯珀伦斯的白人遗忘了自己的过去,却将他们来到新大陆重新书写的短暂历史拿出来炫耀。《史密斯家族传奇全集》被称为"书中之书",记载着德斯珀伦斯城历史上发生的"重大事件",放在"尘封已久的纸箱里",锁在拉着铁丝网的后院棚屋里(Wright,2006a:84)。小镇市政办公室里存放的档案上还"记载着无懈可击的百年历史,包括周边发生的洪水、大火等各种自然灾害都是史无前例的"(Wright,2006a:

89）。然而，转眼之间，这些档案和史密斯家族的"书中之书"却在一场大火中全部化为灰烬。这里既讽刺了白人历史的短暂，又暗示着白人那些记载在纸上的各种档案脆弱得不堪一击。与之形成鲜明对照的是，原住民的历史却可以追溯到太古时代，主要通过两种方式世世代代流传下来：一是原住民的口述传统，一是他们的石绘艺术。普利科布什的原住民长辈们"从开天辟地以来就保存着这片土地的编年史"（Wright，2006a：48），而且会根据新近发生的事情不断地"更新记忆"，"为了大家的切身利益，长辈们认真地讨论，将有关德斯珀伦斯的财产争议记入口述历史，这已经成了他们的日常工作"（Wright，2006a：51）。原住民长辈们还会把部族内部发生的重大事件用岩画的方式记述下来。诺姆·凡特姆的儿子威尔·凡特姆（Will Phantom）为躲避矿业公司直升机的追捕，曾经在一个岩洞里过夜：

> 威尔继续往山上爬去，最后来到一个巨大的岩洞前。洞内，石壁上到处是祖先流传下来的岩画，讲述着人类的历史，世世代代反复用赭石重新绘制，聆听着祖先低声诉说他们的土地宪章。威尔用手触摸石壁，他感受到了祖先的存在，也拥抱着自身的永恒。置身于禽鸟、走兽之间，想到部族成员曾经栖身于此，他既感到卑微，又觉得荣耀。（Wright，2006a：182）

这里的原住民岩画绝不是简单意义上的艺术作品，它们在原住民眼里代表着"土地宪章"，它的效力经由原住民反复手绘得以世世代代流传。威尔在碰触石壁时感受到的永恒即代表着原住民将过去、现在和未来视为三位一体的宇宙观，岩画的灵魂与原住民的肉体达到了完美结合，成为原住民的精神依托，时刻影响着他们的现实生活。

原住民的历史叙事完全无视西方历史叙事中的线性发展结构。在吃早餐时，诺姆经常会给一只硕大的白色凤头鹦鹉讲述他从父母那里听来的悲伤往事，他把这称作"简单的劈木柴工作"。他声明"从太古时代原住民自己生存的土地上随意选取一段历史来讲述，是他与生俱来的权利"（Wright，2006a：103）。正如阿特伍德（2005：15）所指出的那样,"原住民所创建的历史在许多方面都与非原住民学者有所不同。在原住民历史中,过去被看作是原住民现在和未来的一部分,而不是已经作古的历史"。诺姆讲述故事时不遵循线性叙事结构,随意从口述历史中摘取一段讲述,对非原住民学者按照科学发展的规律编纂史书的方式构成了挑战,表达出原住民文化传承的自主性。

时间和空间在原住民的宇宙观里都是没有界限的,甚至是可以相互转化的。菲什曼(Fishman)是普利科布什原住民的精神领袖,他每年都会在雨季来临之前带领一群年轻人组成"护卫队",向内陆进发,踏上他们部族的朝圣之旅。在旅途中,菲什曼的各种感官都变得异常敏锐。当他在车边铺好毯子,躺在地上睡觉时,他既能听到"近处树上栖息的猫头鹰的声音",又能听到远在德斯珀伦斯城东边原住民约瑟夫·米德奈特(Joseph Midnight)家的营地上,人们饮酒作乐弹奏的吉他声"。再往远处,他还能听到"大海女巫奋力将身体砸向海滩的声音"(Wright,2006a:149)。三种声音由近及远,交汇在一起,完全打破了空间界限。不止于此,"他记忆中熟悉的各种声音"也"闪着星星点点的光亮从魔法师挥动的魔杖中不断涌现,无数闪动的光点相互碰撞,从四面八方聚拢,最终与星光交汇于一处"(Wright,2006a:149)。这里,时间和空间在原住民的视野中不断延展,代表时间的记忆与代表空间的星空完美地融合在一起。

《卡奔塔利亚湾》中所描述的德斯珀伦斯(Desperance)小镇,英文名字与"绝望"(despair)有相同的词根,暗示着以白人为中心的小镇是个令人绝望的地方。小镇上的白人以"真正的德斯珀伦斯人"自居,而原住民只能住在城边荆棘丛生的普利科布什,他们自称为"边缘居民"(Wright,2006a:58)。尽管德斯珀伦斯镇上的白人在地理位置上占据了核心,而普利科布什人却对周边环境一无所知。他们野心勃勃,最初修建小城是因为旁边有一条大河,他们要把城镇作为"殖民主义鼎盛时期连接澳大利亚腹地的水运港口",但是"在上个世纪的某个雨季过后,大河自己决定改道,从离城镇几公里之外的地方流走,码头的水从此便销声匿迹"(Wright,2006a:3)。大河改道是对德斯珀伦斯白人的极大嘲讽,没有对土地、河流和海洋的了解,白人的野心勃勃在大自然的力量面前显得无知而可笑。

　　小城变成了"没有水的码头",德斯珀伦斯人又给小城的存在找好了新的理由。他们认为,自己扎根在这里,是为了"保护北部海岸线不被黄祸①骚扰"(Wright,2006a:3)。他们想象着"黄祸"来袭时的可怕景象:"一支黄色大军跟着箭头向前挺进,方向直指德斯珀伦斯小镇"(Wright,2006a:3)。结果,这种"黄祸"论调被证明只是他们异想天开的臆测而已,根本就没有发生。抗击"黄祸"的热情消散之后,镇上白人又"环顾四周,继续找寻在当代存在下去的理由","小城要时刻保持警惕","无论何时都要密切关注形势,要超越个人经验,对黑人的现状做出有理有据的评价。这不仅能对国家权益做出经济上的贡献,而且可以使整个国家保持体面的社会风貌"(Wright,2006a:4)。从最初建立港口的野心,到对东方人入侵的担忧,再到对原住民的防备和警惕,德斯珀伦斯小镇的白人被描绘成一群整日沉浸在虚幻世界中的妄想狂,时刻被恐惧笼罩着,惶惶不可终日。

　　为了驱赶恐惧,他们"就像一群石匠,夜半时分传递一块块石头,在环绕小城的无形的边界线上筑起一堵高墙。这堵墙那么结实,宛如中世纪一座要塞的城墙"(Wright,2006a:58-59)。但是,原住民却认为,这些白人寻求安定的梦想是永远不可能实现的,他们是"梦幻的局外人,如果他们对世界万物的看法来自其他地方的远古时代,他们就永远看不到德斯珀伦斯的石头。这些局外人眼中看到的只有辽远的天空和无垠的平原"(Wright,2006a:59)。德斯珀伦斯镇上的白人"建起石头围墙,紧紧锁上大门,在窗户上装了铁栏杆,院墙上又拉起了一道带刺的铁丝网",妄图以此来"抵御黑魔鬼的袭击"(Wright,2006a:59)。但是,在普利科布什人眼里,"白人划定的这些边界简直是无稽之谈",他们看到"祖先创造的硕大强悍的神灵占据了陆地和海洋,他们来去自如,穿越整个城镇,连这些人的家里也不放过"(Wright,2006a:59)。此处突出了德斯珀伦斯镇上白人和普利科布什原住民之间截然不同的宇宙观和世界观,讥讽白人与澳大利亚这片土地的格格不入。在原住

---

　　①　"黄祸"论(Yellow Peril)是成形于 19 世纪的一种针对亚洲民族的极端民族主义的论调。"黄祸"论调在小说中指澳大利亚历史上对东亚人可能会入侵其北部海岸线的无端的担忧。

民的质疑下,白人社会所谓的定居是永远无法实现的。

德斯珀伦斯镇中心居住的白人在精神上处于极度虚无的状态。他们自诩为"当地一切的一切的始祖",而"这些住在城镇外沿的边缘人却并不相信"(Wright,2006a:58)。普利科布什的部族长辈交给接受白人教育的孩子们一个任务,那就是要"把白人的历史教科书从头到尾字里行间都琢磨个透"(Wright,2006a:57)。孩子们"翻遍了潮湿的课本",结果"连一个有英雄业绩的白人都没有找到"(Wright,2006a:58)。不只如此,"祈祷文和礼拜词里提到的所有宗教圣地,那些神圣的人类不可轻易涉足的地方,竟然没有一处属于这些白人"(Wright,2006a:58)。原住民环顾整个德斯珀伦斯城,没有在城中发现任何"能够显示文化内涵的东西","没有青铜或镀金雕塑","没有莫扎特、贝多芬,什么都没有"(Wright,2006a:58)。普利科布什原住民对德斯珀伦斯白人的评价,是对自诩为叙事中心的白人身份霸权极大的嘲讽和逆写。

在原住民眼里,德斯珀伦斯镇的白人不仅用围墙、篱笆、铁丝网将自身与自然环境隔绝开来,没有任何文化内涵和值得自豪的历史,他们做事也反复无常,出尔反尔,连唯一可以得到救赎的机会也生生葬送掉了。当白皮肤、黄头发的伊莱亚斯·史密斯(Elias Smith)突然从大海中冒出来时,他们先是把他奉为英雄、始祖,"只是为了能够重温有根基的历史"(Wright,2006a:44)。他们把史密斯看作是"上帝送来的礼物",由于"白人社区祸事不断",一定是他们"几十年来虔心祈祷的回报"(Wright,2006a:76)。他们做出决定,让伊莱亚斯"守卫小镇",因为"每个人都发了疯似的想保持心灵的宁静"(Wright,2006a:83)。然而,当德斯珀伦斯城发生火灾之后,镇上白人却一致指责伊莱亚斯,把他当成需要承担一切责任的替罪羊。他们聚在镇上的酒吧里,开始了对伊莱亚斯的集体审判。尽管伊莱亚斯极力想为自己申辩,但是"他连插话的机会都没有"。在一连串的指责之后,他们"就像泼掉洗碗水一样将伊莱亚斯扫地出门"(Wright,2006a:87-88),让他天一亮就离开小镇,终生不得返回。转眼之间,伊莱亚斯·史密斯从德斯珀伦斯白人的救世主变成了纵火犯,在透过门缝看到这幅景象的普利科布什原住民眼里,这群白人的思维毫无理性可言,已经病入膏肓无可救药了。德斯珀伦斯镇作为一个无水的港口,失去了它的功用。德斯珀伦斯人又处于病态之中,小镇变成了一座被绝望笼罩的孤城。小说的最后一场天启式的大洪水淹没了完全处于绝望之中的德斯珀伦斯小镇,这种对白人角色陌生化的处理是一股强大的颠覆力量,使"白人变成了怪异的'他者',白人身份被前景化,变成被批判的中心"(Brewster,2010:86),白人主体的霸权地位不复存在。

　　小说通过对生活在德斯珀伦斯镇中心的白人形象和思维方式的陌生化处理,与抹杀原住民存在的殖民霸权文本形成对抗,建构起以原住民为主体的全新世界。普利科布什人虽然居住在德斯珀伦斯镇的两端,却变成了真正的叙事中心。在小说中,"边缘阵营像三明治一样将德斯珀伦斯人夹在中间"(Wright,2006a:46),开始了自我表达、自我反思和自我完善的过程,"白人的存在与宏大的宇宙现实相比,不过是一小股微不足道的力量而已"(Brewster,2010:88)。小说从不同的原住民角色的视角和立场展现了多中心多维度的原住民社会现实。小说叙事虽然主要围绕凡特姆家族成员,尤其是诺姆·凡特姆和威尔·凡特姆父子展开,但刻画的每个原住民角色都鲜活而富有个性。小说拒绝白人眼中的脸谱化原住民形象,原住民内部家族之间、夫妻之间、父子之间、朋友之间的冲突、妥协与纽带关系以及原住民文化的传承,形成了多中心的复调叙事。

　　普利科布什的原住民主要以凡特姆和米德奈特为核心的两个家族组成。他们之间的纷争由来已久,已经持续了四百年,冲突的根源是双方都认为自己才是这里"名副其实的传统土地所有人"(Wright,2006a:52)。诺姆的妻子安杰尔·戴(Angel Day)的一句话挑起了他们的宿仇,一场"战争"之后,他们彻底分裂为两个阵营,米德奈特家族一气之下搬到了德斯珀伦斯镇的东端,与留在西端的凡特姆家族将德斯珀伦斯小城夹在了中间。诺姆·凡特姆家族的人说他们的祖先"以大河为生,从开天辟地以来就居住在这里",而"历代先人对大河的知识都清晰地装在诺姆的脑海里"(Wright,2006a:6)。米德奈特家族则声称"只有他们才是真正的传统土地所有人",他们还称自己为"万戈比亚人"。

于是"长久失去联系的万戈比亚人从布里斯班、悉尼来到湾区认亲,甚至还有一个来自洛杉矶,还声称自己会说已经失传的万戈比亚语"(Wright,2006a:52)。原住民社会内部就土地所有权问题产生的矛盾和争执在此体现得淋漓尽致。

在城西的凡特姆家族人眼里,城东的米德奈特家族继承了"垃圾基因","对文化一无所知"(Wright,2006a:52),是一群见利忘义之徒。他们还与政府达成了一笔交易,同意矿业公司在此开矿,政府也认可了他对土地的所有权,凡特姆家族将他们看作是"不忠的城东人"(Wright,2006a:79)。东、西两个原住民阵营势同水火,相互指责,城西人将城东人看作是叛徒、垃圾,而城东人又把家族成员的死亡归咎于诺姆的法术,说自己的家人是被诺姆训练的一只野猪袭击致死(Wright,2006a:113)。然而,尽管城东和城西原住民因宿怨和纷争势不两立,但是当骚乱引发垃圾堆大火,镇上的白人警察前来调查时,他们却装得若无其事。尽管很多人满身伤痕,他们一致表示只是个"意外","这里什么都没发生",安杰尔还当着警察楚斯福尔的面拥抱了刚刚还和她扭作一团的白衣胖女人,"眼中却满是仇恨"(Wright,2006a:29)。

小说重点刻画了三位男性原住民长者:诺姆·凡特姆、莫吉·菲什曼和约瑟夫·米德奈特。诺姆作为凡特姆家族的族长和"正统的土地所有人"(Wright,2006a:51),肩负着原住民文化传承的重任。诺姆对祖先世代居住的家园了如指掌,"像时涨时落的潮水,顺着河水流动的方向一直奔赴大海。他在水上可以随心所欲,想待多久就待多久。他了解鱼类,与湾区大海里的鲈鱼和巨型鳕鱼都能和睦相处。"诺姆还知道很多关于星星的故事,"从小就开始追逐那些星星"(Wright,2006a:6-7)。

诺姆从父母那里继承了历代祖先讲述的家族故事,他"记忆的闸门打开后,就像滔滔不绝奔涌入大海的河水",他的"眼神如一道符咒,震慑住在场倾听的所有人"(Wright,2006a:102)。诺姆担负起传承家族口述历史的任务,他"可以把故事变成艺术品,将祖辈幸免于难的历史遗迹刻印在城西人的家族记忆之中,就像上苍赐给他们的历经大火依然屹立不倒的如幽灵般的桉树一样"(Wright,2006a:102)。在这些故事中,最悲惨的就是诺姆父亲透过岩洞缝隙目睹自己父母及其他家族成员被屠杀的场景：

> 他吓瘫了，口干舌燥，身体一动不动，眼睛紧紧地贴在石缝上。
> 透过针眼大的小孔，他看到外面的世界像万花筒般在他的面前坍
> 塌，他的父母以及其他部族成员的身体在里面晃动，鲜血四溅，男
> 人的裤管上都滴着血，刀锋在阳光下闪闪发亮，母亲绝望的呼喊，
> "咣，咣，咣"如雷鸣般的声音，伴随着皮鞭抽打的脆响。……他的
> 思想与颤抖的身体斗争着，慢慢平静下来，像岩石，像泥土，像远古
> 时代，一片黑暗，直到呼吸几乎不闻，他变成隐身人。（Wright，
> 2006a：102）

正因为这些悲惨的记忆，使诺姆对白人的行为采取了忍让和逃避
的态度。当米德奈特指责他指挥怪兽咬死其家人时，诺姆在法庭上威
严挺立，却一言不发。当普利科布什的老人抱怨镇上的"安全网"没有
拉到他们城西的营地，想让诺姆出面表示抗议时，诺姆认为那是"找麻
烦"（Wright，2006a：101），他不希望记忆中爷爷奶奶那代人遭到屠杀
的悲惨历史重演。当朋友伊莱亚斯被德斯珀伦斯镇上的白人驱逐出去
时，他也不做抗争和挽留。他对与妻子之间的矛盾也采取逃避的态度，
出海几年未归。妻子安杰尔·戴跟别人私奔后，他也"不愿浪费任何时
间去想她"（Wright，2006a：141）。诺姆对开矿持否定态度，不相信白
人的承诺和所谓的和解，但是却不像儿子威尔那样积极抗争，这也是父
子间不和的一个重要原因。

诺姆代表着原住民中的现实主义者，虽然看透了政府和镇上白人
的各种伎俩，却宁愿保持沉默。在白人和原住民相处的"蜜月期"，镇公
所通过了将大河改名为"诺姆"河，由矿业公司出资举办了庆祝仪式，连
南部的政治家们都坐飞机前来参加。在仪式上，"前任国家总理正式宣
布把曾以已故女王名字命名的河流改名为'诺姆河'"。轮到诺姆上台
讲话时，他违心地大声表示感谢，然而当地人都明白他"尖刻"的语气绝不
是真心的感谢，他们因这些白人的愚蠢而"笑破了肚皮"，"因为自开天辟
地以来，大河只有一个名字。它叫'万加拉'"（Wright，2006a：10）。

诺姆还擅长制作彩绘鱼标本,整日沉浸在自己房子后面制作标本的作坊里。他将鱼骨和内脏掏空,对鱼皮进行防腐处理,再用他采集来的丛林植物制成药水精心鞣制,然后"把鱼皮套到马鬃做的模具上一针一线地缝制",最后再"用一支很小的毛笔,一笔一画地画出那条鱼"(Wright,2006a:195-196)。诺姆制作的鱼标本栩栩如生,远近闻名。然而,诺姆却担心这些原住民文化传统无法承继下去。他对自己的孩子们都感到失望,两个年长的儿子都到矿山上班,完全被白人的思维同化,没有了为原住民抗争的独立民族意识。女儿们的婚姻也都不幸福,全都离婚带着一群孩子搬回来住,三女儿还与白人警察混在一起。最小的儿子也非要到矿上干活,结果出了事故,砸坏了脑子,变得痴痴傻傻,还经常挨白人和东部阵营的孩子们欺负。只有威尔继承了他的衣钵,对大海、土地都了如指掌,但是父子俩又因为对开矿的态度不同,再加上威尔与势不两立的城东米德奈特的孙女霍普(Hope)打得火热。父子之间长期闹不和,威尔一气之下搬到了东部阵营那边。

与诺姆的沉默避世相反,莫吉·菲什曼是原住民中的理想主义者,他天真感性,对原住民信仰有着狂热的追求,是年轻一代的"精神领袖"(Wright,2006a:142)。莫吉总感觉长期呆在德斯珀伦斯小镇会给人一种"不祥的预感"(Wright,2006a:365),所以每当雨季到来之前,他都会带领着一支由追随者组成的"护卫队",沿着祖先梦幻的路径,开着几辆破车,浩浩荡荡地踏上朝圣之旅。诺姆·凡特姆的儿子威尔·凡特姆就是菲什曼的积极追随者。菲什曼坚决反对白人在祖先的圣地上开矿,他的"护卫队"经常对矿山进行破坏活动。

在这三位主要的原住民长者中,米德奈特是唯一支持政府开矿的,与政府达成了和解,为家族争得了利益,却被诺姆视为叛徒。然而,随着事态的发展,米德奈特对自己的选择也开始后悔起来,他不肯居住在"因他同意开矿政府免费提供的崭新的房子里",而是住到屋子后面那个破旧棚子里,他觉得这个棚子是"仅存的一处安全的地方"(Wright,2006a:372)。他因自己做出的错误决定而痛苦不堪,好多天都不肯原谅自己,因为"那完全是他的心血来潮,他做事从来不知道三思而后行"(Wright,2006a:373)。

　　小说中另一个独具特色的人物是诺姆·凡特姆的妻子安杰尔·戴,她是一个特立独行、敢爱敢恨的原住民女性。她不顾诺姆的反对,毅然决定放弃四处流浪的日子,在自己选定的地方建设家园,靠的都是从德斯珀伦斯小城边上成堆的垃圾中捡回的各种废旧物品。她虽然名字叫“安杰尔”(Angel),但却绝非传统西方文化里的完美无瑕的天使。在诺姆的眼里,“她是一个妖怪,像百万富翁一样数着她的钉子,像女王一样让整个世界听从她的摆布”(Wright,2006a:16-17)。安杰尔就像“时刻等待被捅的马蜂窝”(Wright,2006a:13),专门制造麻烦,她的一句话激化了两个家族由来已久的矛盾,一场“战争”之后,原住民分裂为城东和城西两个阵营。但是,安杰尔也不惧白人的权威,与白人对峙起来也振振有词:

　　　　我们这个家族都是体面人。我们从来不给任何人找麻烦,你们为什么总是来找我们的麻烦呢? 我要告诉你们,我受不了这些;你们这些人我个个看着心烦。我不希望让你们这些杀人犯再来骚扰我的家人,听见没有? 你们甚至包庇曾经想谋害我的人,还上演着各种暴行。(Wright,2006a:40)

　　安杰尔把从垃圾场捡来的一个圣母玛利亚的雕像视为珍宝,她相信从此将“拥有白人的运气”,“有了圣母玛利亚的保佑,谁也不能再干涉上帝的福泽降临到他们家里(Wright,2006a:23)。安杰尔还用诺姆绘制鱼标本的颜色和纹理给雕像改头换面,“经过一番努力,圣母玛利亚已经不再是人们所熟悉的那个模样,而变成了一位俯瞰湾区、关注黏土湖生灵的女神”(Wright,2006a:38)。在以白人为主流和中心的那个社会,原住民只能生活在垃圾堆积如山的边缘地带。如果说,诺姆·凡特姆的口述历史、对宇宙的了解和彩绘标本技艺代表着世代传承的原住民文化,那么安杰尔用白人遗弃的垃圾建造房屋,对西方宗教中圣母雕塑的改造,则象征着原住民对西方文化的挪用(appropriation)。在宗教领袖莫吉·菲什曼的眼里,安杰尔具备化腐朽为神奇的魅力,她是“一个完美的女人,能从垃圾堆中造出金子”,是“现代人梦中的蒙娜丽莎"(Wright, 2006a:141 - 142)。

　　这种对西方文化的挪用也体现在菲什曼和他的护卫队成员身上，与原住民靠步行完成朝圣之旅的传统方式不同，菲什曼的护卫队与时俱进，"由30辆1980年代生产的二手鹰牌轿车和赫尔顿牌客货两用车组成"，并由护卫队的成员进行了"多次翻修"。"这条精神之路坎坷不平"，"在令人震惊的不断见证废物利用奇迹的现代，跟随菲什曼踏上精神之旅的护卫队队员们个个心灵手巧，他们从大自然中找到各种工具和零件，对这些车修修补补，使它们在坑坑洼洼、到处都是岩石和沙砾的路上坚持了几千公里的行程"(Wright, 2006a:119 - 120)。原住民对西方主流文化的挪用，代表着生活在当代社会的原住民不是白人眼中停留于远古时代、以狩猎采摘为生的原始人类，他们为了生存，能够积极适应世界的变化，用灵巧的双手变废为宝，保持着原住民的独立和尊严。

　　威尔是凡特姆家族年轻一代中的核心人物，他继承了原住民传统，从小跟随父亲诺姆出海，对大海、河流和星空都有透彻的了解。他打破东、西阵营原住民的对立，娶了东部阵营领袖约瑟夫·米德奈特的孙女为妻，还从米德奈特那里继承了古老的原住民仪式(Wright, 2006a:375)。他不像两个哥哥那样，不关心原住民的事务，为了经济利益到矿山上给白人打工。他血气方刚，是典型的行动派，不认可父亲的一味忍让和沉默，而是用激进的手段与政府作对，给矿业公司的开发制造了很多麻烦，遭到政府的通缉和追捕。矿业公司的人杀害了伊莱亚斯，又将装着他尸体的小船放到原住民的圣湖里，想要嫁祸给原住民。威尔识破了他们的阴谋，将伊莱亚斯的尸体带回普利科布什，放到了诺姆制作标本的作坊里。矿山的人还抓走了他的妻子霍普，并将她从直升机上扔进大海。威尔开始了报复矿山的行动，他知道跟矿山白人的"这场战争没有规则可言。没有任何神圣性可言，是为了钱财而战"(Wright, 2006a:378)。

　　在小说中建构起来的原住民自主的家园里，原住民角色性格各异，也有着各种矛盾和冲突，东、西部族间的世仇、父子之间的不和、夫妻之间的矛盾，甚至朋友之间的分歧，构成了复杂的原住民社会现实。尽管如此，这些角色之间却存在着千丝万缕的联系，他们可以跨越时空，进行精神和情感的交流：威尔即使已经出海，远离父亲诺姆，却能感受到他看见史密斯尸体时的悲哀；诺姆已在大海上航行了很远，却听到了儿子威尔摇桨出海的声音（Wright，2006a：172）；巴拉被困在风暴中却看到了妈妈霍普被矿山的人抓走，用直升机载到空中后，又把她扔进了大海（Wright，2006a：259）。《卡奔塔利亚湾》不只是一部多中心、多维度展现原住民社会的复调史诗，还汇聚了自然界的各种声音为其伴奏。人们能听到风吹过时发出的呼喊声，连原住民神灵都在倾听开矿时机械发出的声音。此外，还有苍蝇的嗡嗡声、青蛙的聒噪声、大海的咆哮声……这些声音中有悲壮，有快乐，有仇恨，有亲情，时刻昭示着原住民古老的历史，体现了人与自然在精神上达成的默契。

　　原住民不只通过文化传承与祖先的神灵和土地环境之间达成心灵的契合，还在积极地适应着外部世界的变化，面对各种困难和挑战，不断地自我反思。在开矿一事上，米德奈特认识到自己做出了错误的选择，他在谴责自己的同时，还为了保护孙女霍普不被追捕，将她和孙子巴拉（Bala）藏在伊莱亚斯的船上，让他们逃离德斯珀伦斯。诺姆在标本作坊中发现了朋友伊莱亚斯的尸体之后，决定送他重返大海。在航程中，当诺姆与伊莱亚斯的灵魂对话时，开始反思自己与妻子安杰尔以及儿子威尔的矛盾，看待问题的视角因伊莱亚斯灵魂的指引而改变。诺姆在返回德斯珀伦斯时遭遇风暴，小船在一处偏僻的小岛上着陆后，巧遇自己的孙子巴拉。由于威尔被白人列为一号危险人物，为了躲避白人的迫害，巴拉和母亲霍普在伊莱亚斯被德斯珀伦斯镇上的白人赶走时，躲在他的船里一起离开，在这个偏僻的小岛上隐居起来。生活在自然怀抱中的巴拉，对大海有着深刻的了解，继承了父亲威尔与自然订立的契约，小小年纪就思虑周全。东、西两个原住民阵营的矛盾和冲突在威尔和霍普的爱情结晶巴拉身上得到了化解，巴拉在原住民的语言中是"希望"的意思，他也成了两个家族和解的黏合剂。最后，当大洪水淹没了德斯珀伦斯之后，诺姆在祖先神灵的庇佑和指引下，救下了洪水中危在旦夕的巴拉。诺姆与巴拉的团聚，象征着原住民文化的传承后继有人。爷孙俩在洪水过后，重返德斯珀伦斯，开始了重建家园的新生活。

3.5 小　结

自 20 世纪 60 年代以来,原住民社会强调其特有的民族身份和自我表达,出现了反对非原住民社会为原住民代言的"原住民主义"现象。从原住民与欧洲殖民者的初次接触开始,从抵抗侵略到遭受同化,原住民社会结构被瓦解,大部分语言消亡,文化传承曾一度被切断。他们作为社会边缘人在重重危机和困境中求取生存,在不断适应外部世界、与非原住民社会交往的过程中,通过对西方文化的挪用,结合自身文化传统中的口述历史,建构出多层次、多样化的原住民身份。这三部小说借助原住民口述传统、循环叙事、空间叙事、反讽、陌生化等多种手法,展现了多层次的原住民社会现实,拒绝白人社会对原住民身份的本质主义解读方式。

与非原住民作家避免正面描述原住民角色意识和思想不同的是,原住民作家的小说强调原住民的自我表达,彰显出原住民叙事的边缘色彩。三部小说以不同地域、不同历史时期的原住民的境遇为背景,将原住民视角建构的历史与殖民历史叙事形成对抗,"使西方历史中蕴含的文化价值观种族化"(Neal,1971:258)。《潘姆鬼:彩虹战士》从原住民的视角重新建构了殖民地历史,解构了强盗与英雄、野蛮与文明之间的二元对立关系,塑造了捍卫原住民家园的英雄形象,展现了原住民与土地息息相关的社会文化和精神信仰。《心中的明天》聚焦于澳大利亚对原住民实行同化政策的时期,借助文类杂糅、口述传统和空间叙事等多种手段,使以主人公哈利为代表的血统被淡化、文化传承被切断的原住民混血儿一代,在原住民文化传统中重获身份认同感。《卡奔塔利亚湾》则以居住于白人城镇边缘地带的原住民社会为叙事中心,借助口述传统和其他文化传承方式展现了原住民的土地观和时空观,重新解读了民族和解时期因土地所有权在矿业公司与原住民之间以及原住民社会内部引发的纷争。

根据德勒兹和瓜塔里(Deleuze and Guattari,1975:16)对小民族

文学的定义,"小民族文学并非产生于少数族裔的语言(minor language),而是少数族裔在大民族语言(major language)之内建构的"。原住民作家用英文进行的写作,可以视作一种"小民族文学",它通过强化语言中固有的特质使语言"脱离疆域",这种语言的"小民族"用法乃是透过"发声的集体装配"运作,并且具备政治行动的功能(博格,2006:172)。原住民作家要在"文学场域"被认可,就不得不经由官方教育体系的学习过程,并运用、挪用或混用所谓"主流社会"通行的共同语——英语进行文学创作。正如原住民作家吉姆·斯科特在《心中的明天》里所说,原住民作家借助英语来弘扬原住民文化,尽管艰难却是很好的反击方式,也能够引起更多读者的共鸣。格罗斯伯格(Grossberg,1996:90)指出,"'小民族文学'的中心概念是庶民的概念,代表了任何语言(或身份)构成的内在含混性和不稳定性,它使语言界定统一稳定身份特征的力量不断减弱"。通过对殖民历史叙事的这种挪用和戏仿,原住民作家在以白人为主导的西方叙事话语中为原住民主体争得一席之地,并融入代表原住民叙事传统的口述历史和说唱风格,构建起第三空间,使殖民叙事中被压制的"庶民"得以发声,以此来建构原住民视角的历史,接续原住民的文化传统。

从原住民视角出发建构的历史与殖民时期的官方历史并置,形成复调式叙述,使殖民历史叙事中的白人身份建构特征暴露无遗。正如原住民历史学家哈金斯(Huggins)所指出的那样,非原住民社会在研究和书写原住民文化和原住民伦理观上都有局限性,"他人的历史无法翻译成我们自己的历史","只能将它们并置(juxtapose)起来"(Huggins,1995:166)。沃尔特·斯科特爵士(Walter Scott)的韦弗利(Waverley)系列历史小说已经证明,苏格兰高地的民间传说和语体可以为英语文学增添丰富的历史和文化内涵,而澳大利亚原住民作家的小说文本对历史的重构也展现了原住民的文化内涵。这与非原住民作家文本中对抗殖民历史主流叙事时对原住民文化表达的尊重和认可相呼应,体现了在当代澳大利亚倡导多元文化主义政策的大背景下,原住民与非原住民社会之间形成的互动。

第4章
原住民身份衍生的主体间性空间

　　在积极推行多元文化政策的当代澳大利亚,原住民身份成为其书写奠基叙事、建构民族-国家身份的核心要素。然而,白人社会对原住民身份的诠释与原住民的自我表达之间还存在着诸多分歧。本书所选的六部小说以历史学界的"白眼罩"史观和"黑臂章"史观之间形成的张力为素材,直面争议历史,通过白人主体对殖民历史的反思和原住民主体对殖民历史的重构,解构了西方思维方式的霸权地位,为白人和原住民提供了对话平台。

　　基于原住民学者马西娅・朗顿的解读,原住民身份会在白人和原住民持续的文化交往中"不断被重新界定"(1993:34)。在几部小说中,白人主体在经历生活磨难和与原住民近距离接触的过程中反思白人社会的种族及阶级偏见,加深了对原住民文化的了解;原住民主体则通过口述传统和原住民宇宙观的代代传承被殖民侵略切断的文化根基,树立起原住民的民族自信。在原住民主体表达自主诉求、白人主体重新认识原住民文化的过程中,衍生出一方基于对话和协商的主体间性空间。这几部小说借助文学想象,为两极化的历史叙事提供了寓言式的和解途径。

4.1　争议历史与主体性建构

　　海登・怀特指出,历史叙事本身"代表着本体论和认识论的选择,带有明显的意识形态性甚至特殊的政治意图"(1987：ix)。在澳大利亚殖民时期的官方历史叙事中,西方文明凌驾于原住民文化之上,白人殖民者与原住民之间的关系不是对等的,掌握权力的殖民者将原住民构建成"他者",使他们沦为被控制、被描述的客体。在白人殖民者眼里,原住民懒惰成性,意志薄弱,注定要灭绝(Edelson,1993：xxi)。初到澳大利亚大陆的欧洲白人崇尚人类中心主义,他们无法理解为什么原住民不像他们那样建造房屋,也不种植庄稼。殖民者认为原住民是原始的野蛮人,没有土地归属意识,所以最初把澳大利亚当作"无主之地"。他们自诩为文明开拓者,担负着让这块古老的大陆脱离蛮荒的"神圣"使命。原住民历史学家哈金斯(1995：170)指出,"这些作恶者……将所到的地区看作是'荒原',而我们却称之为家园。他们的目标就是驯化'本地人'并占有土地"。

原住民要摆脱这种客体地位,让白人社会承认他们的土地观和自然观,就需要进行抗争,"保有差别、变异和变形的权利"(Deleuze,1988：106),重新建构从原住民视角出发的历史叙事。澳大利亚左翼历史学家贝恩·阿特伍德(Bain Attwood)指出,澳大利亚史学家应该通过"不断分享多元历史"①重新修撰殖民时期的历史(2005：189)。这六部澳大利亚小说关注原住民的自我表达,运用多种叙事手法表现了澳大利亚的官方叙事与原住民口述传统对殖民接触历史的解读存在的巨大差异,争议历史在小说文本中构成了复调式叙述,解构了殖民历史叙事中的白人身份霸权,认可了原住民的主体地位。

由于"他者"的介入,"自我"不再是统一自足的,而是在外在世界中产生异化和分裂,与他者、与现实世界共同发生作用,"作为融摄他性的结构是任何主体的先决条件"(拉康,1966,转引自严泽胜,2002：3)②。原住民主体就是在渐次分裂的历史叙事过程中建构起来的,自我与他

---

①　英语原文为 sharing histories,与 a shared history 相对。阿特伍德主张参照原住民的口述传统重新修撰澳大利亚殖民时期的官方历史。他运用现在分词 sharing 和过去分词 shared、单数名词 a history 和复数名词 histories 之间的差别来强调历史解读的多元性和动态特征。

②　出自拉康 1966 年在美国巴尔的摩的约翰霍普金斯大学举办的一系列题为"批评语言与人文科学"的国际学术研讨会上发表的演讲,英文题目为"Of Structure as an Inimixing of All Otherness Prerequisite to Any Subject Whatever"。

者在话语结构中的知识和定位有很大的差异,它们之间的对话既产生一种"身份"疏离感,又相互建构,形成了"新的知识形式、新的区分形式和新的权力场域",即动态的"第三空间"(Bhabha,1994:120),这种动态的变化表现为白人主体霸权地位的消解和原住民主体自我意识的增强。在以协商为主要交往方式构建的主体间性空间里,尽管"权力不对等,但表达机会却是均等的"(Bhabha,1996:58)。自我主体与对象主体有着相互独立的意识,通过认可彼此的价值观,"不仅可以从根本上认识到自身结构的局限性,而且可以在对话、交流和阐释的过程中超越自身的界限"(Gadamar,2000:284)。

4.2　原住民主体与原住民家园的相互建构

主体性作为主体表达自身的方式,是"我们与宽泛的文化定义和自身理想协商过程中形成的社会和个体存在"(Donald Hall,2004:134)。主体性建构既是个体化的过程,也是社会化的过程,因为个人不可能处在孤立自足的环境中,而是会不断与周围的世界建立联系,处于不断的变化之中。文化是任何群体的主体性不断发生变化的完整体现,主体性在文化中得以塑造,同时也反过来塑造着文化。1788年大英帝国在澳大利亚建立殖民地之后,原住民文化受到西方文化的冲击和同化,原住民社会结构分崩离析,历史也被严重割裂。原住民要想在以西方意识形态为价值准则的主流话语中建构主体身份,就需要接续被欧洲殖民者切断的文化根基,从滋养原住民宇宙观的原住民家园中重建民族自信。

这里的原住民宇宙观主要指以"梦幻"(Dreaming)信仰为核心的原住民文化,它表现为原住民的家园意识以及原住民社会的规约律法。对于原住民而言,部族人生活的地域是他们的"家园"①,各个"家园"之

---

①　"家园"译自英文的 country 一词,是当今澳大利亚原住民社会用以指代某一部族生活区域的通用词语,它是一个疆界单位,范围不是特别大,可以让人对周边环境有非常亲密的了解,但也不能太小,要能够满足栖居的各种生物的需求。各个家园之间虽然相互独立,但又可以通过梦幻之路相连,这是原住民和其他生物在该区域活动所走的路径。"家园"和"梦幻"概念是原住民文化的基石。

间的界限是以天然形成的山川、湖泊、河流等景观来划分的,与西方文明中以开辟种植庄稼的田地、修建的篱笆和铺设的道路来划分地域截然不同。原住民眼中的家园概念已经"从一个普通名词变成一个专有名词",可以被具化为个体,因为它与其他部族的家园之间是相互独立的,有"自己的组织结构、情感纽带,是自足式的","他们与家园交谈,歌唱家园,拜访家园,为家园担忧,为家园难过,渴望家园"(Rose,2008:110 - 111)。

　　土地与自然不只为原住民提供了可供生存的物质条件,也是维系原住民社会亲缘关系的精神纽带。每一处熟悉的景观都有其梦幻法则,有着与众不同的故事和特殊的意义。这些法则不是简单的知识,而是涵盖整个社会文化领域的原住民智慧,"只有通过在相应的社会文化环境中的亲身经历和体验才能领会其真谛"(Rose,1993:118)。原住民用宗教仪式表达对自然的崇敬,通过家园的梦幻路径进行精神朝圣,并从中产生身份认同和归属感。与工业社会的人相比,"原住民身份更加具有发散性和民主性。在个人与环境相融合的过程中,人类自恃清高的想法不复存在"(Lucashenko,2006b:28)。这是原住民文化与西方文化的显著差异:西方文化以人为中心,虽然也会受到环境的影响,但是把环境看作是与人分离的;而原住民文化则处于多变的空间之中,体现的是人类与景观和动物之间的相互融合。原住民认为自己是土地的守护者,土地就是他们的历史和文化,人与自然万物之间可以相互理解和关照,原住民主体与原住民家园之间可以相互建构。

　　原住民家园被赋予文化和历史记忆,以宗教仪式、歌咏、岩画、彩绘技艺等文化形式在祖先那里代代传承下来,成为他们的精神归属。从《卡奔塔利亚湾》中菲什曼为三个原住民男孩举行水葬仪式的山洞,可窥见古老悠远的原住民历史及其恢宏厚重的历史传承。在进山洞举行葬礼之前,菲什曼让其他人等在洞边,他走到密林深处,"用一种完全不同的、已经消亡的语言与死去的原住民亲人交谈了十几个小时",那些都是"被枪杀在这里的部族成员"(Wright,2006a:435)。洞中的一切都彰显着原住民古老的历史,带有一种震撼人心的力量。山洞地面上积聚的尘土在他们走过时"像红色的粉末一样在陈腐的空气中飞扬,可见其年代之久远",洞顶被炊烟熏出的炭灰"承载了千万年的梦想",洞壁上绘制的"梦创时代的神灵用隐秘的语言向你呼喊"(Wright,2006a:436)。菲什曼带领族人穿过迷宫般的山洞,来到历代祖先死后举行水葬的圣河边,按照传统的宗教仪式,将三个男孩的尸体分别放入三只用树皮做成的独木舟中,"没有人能够猜测出这些小舟在那里漂浮了多久"(Wright,2006a:438-439)。当威尔帮助菲什曼将三只小舟串连起来时,发现所用的绳子"仍然像几千年之前刚刚做好时那样又柔软又坚韧","小舟像摇篮一样在水中荡来荡去,已经为驶向永恒之夜的海上航行做好了准备"(Wright,2006a:439)。这里把独木舟比作孕育生命的摇篮,诠释了原住民宇宙观中的时间循环概念。在原住民看来,死亡不是生命的终点,而是再生的起点,原住民信仰的时间循环与生态系统的生命循环相契合,原住民家园承载的历史记忆也不断更新,代代传承下去。

在原住民信仰中,星空是一个核心意象,它既是文化传承的源头,也代表着原住民祖先幻化而成的原住民神灵,可以为原住民指引方向,并带来精神上的抚慰。在小说《潘姆嵬》中,当潘姆嵬被英国军队俘获受尽折磨时,他的妻子那吉尔在星空下悲哀地低吟时,"那些星星仿佛探下身来抚摸着她,将她的哀痛散播到风里……低吟从未停歇,也从未变换主题和音律……到了第五天歌声高亢激昂起来,当天晚上歌声停止,潘姆嵬在英国人眼皮子底下消失了。"(Willmot,1987:211)这里星星不仅能够抚慰那吉尔悲伤的心情,还具有一种神奇的力量,可以调动自然界的万物,让风把那吉尔的歌声在星空中原住民神灵的庇佑下在家园的土地上传递,还可以帮助奄奄一息的潘姆嵬恢复生机并得以逃脱。

在小说《心中的明天》里,星空成为原住民混血儿的方向标,使他们能够在被白人社会同化后找回归属感,承继原住民传统。哈利作为科学配种工程的试验品,成为祖父培养的"第一个白人"。他既愤怒又绝望,认为自己是"一个孤独的句号"。当原住民亲人杰克舅舅和威尔舅舅搬来与哈利和祖父同住之后,哈利才感到"充满信心和力量",意识到还有无数和他有同样境遇的原住民,尽管在白人社会的同化政策下,被切断了文化根基,但是却"像星星一样,使夜间的天空更加完美"(Scott,1999:109)。这些星星代表着原住民神灵和祖先以及文化传承,它们所散发的光亮成为其他原住民的精神源泉和方向标。杰克舅舅在孩提时代曾经跟随范尼一起在家园的土地上漫游,在晚上与家人围在篝火边分享完故事之后,入睡时就可以通过天空的星星得到原住民文化的滋养:"星星坠入了他的眼帘,词语从他耳中溜走"(Scott,1999:245)。这句话具有双关的含义,既描述出杰克因为困倦视线逐渐模糊,声音在他的耳中逐渐淡去的情景,也暗示着象征原住民传统的星星取代了白人灌输给原住民混血儿的话语,给他们以精神力量,使原住民文化得以代代传承。

在小说《卡奔塔利亚湾》中,星空是梦幻信仰中创世虹蛇的发端之地,大蛇在太古时代"满载着创世的神力,从星星上盘旋而下"(Wright,2006a:1),并"在卡奔塔利亚湾潮湿的泥土之上笨重地爬来爬去",形成了深深的峡谷和大大小小的河流。围绕着神圣而隐秘的星空,形成了普利科布什原住民的"内部知识"(Wright,2006a:3),这是原住民社会的规约律法,德斯珀伦斯镇上的白人无法理解,也无从获取。原住民部族的族长诺姆·凡特姆是小说中原住民传承的关键人物,他对星空和大海都了如指掌。部族长辈们说,诺姆"从孩提时代开始就在夜晚追逐星星","他知道到达那里的秘密",在"大海上风暴来临水天相接之时,他能够在鲷鱼的陪伴下直达星空"(Wright,2006a:7)。年轻一代原住民的精神领袖莫吉·菲什曼在雨季到来之前,带领由年轻人组成的"护卫队"沿着世代祖先所走的路径在家园的土地上踏上朝圣之旅。当他夜晚入睡之后,"他所熟知的过去的声音也从记忆挥舞的魔杖中不断地涌现出来,亮闪闪的,一串一串,无数的记忆汇聚起来,最终与星星连成一片,在他的脑际回荡"(Wright,2006a:149)。在原住民宇宙观中,过去、现在和未来是三位一体的,星空成为原住民历史记忆汇聚的地方,个人记忆可以跨越时间和空间,与代表原住民传承的星空达到完美的融合,形成原住民的历史记忆。

在日常生活、大型集会和宗教仪式中,原住民主体都会以歌咏的形式颂扬家园,赋予其丰富的文化和历史记忆。在小说《潘姆鬼》中,原住民库比和族人在悬崖上岩石的彩绘前用歌咏表达对祖先和土地的敬意,他们的吟唱"在山谷中轻轻回荡,吸收了此处幽深静谧的美感","使这里的生灵、造物主在这片土地上绘制的一切图景都成为永恒"(Willmot, 1987：36)。歌咏也是原住民口述故事的主要载体,潘姆嵬用歌声向混血儿男孩布拉尤(Burrewun)讲述他父亲的故事,还用歌咏在祖先的圣地与祖先的神灵交流。

歌咏也使《心中的明天》中的原住民混血儿哈利与原住民社会重新建立了联系。殖民叙事中的种族决定论将原住民视为需要"升华"的"低等民族",哈利要对此表达抗争,只能借助英文写作的方式,而祖父却嘲笑他,认为语言是他"无法逾越的障碍"(Scott, 1999：36)。为了克服语言的障碍,哈利借助咏唱的方式来表达自己的心声。哈利第一次与努恩格部族人围在篝火边唱歌时,因跟不上亲人的节奏而伤心不已,哈利在表弟的建议下逐渐放松下来,让"飘浮的身体像一支迪吉里杜管那样发出共振"(Scott, 1999：87),才跟上了节奏和步调,在原住民社会中找到了一种归属感和认同感。歌唱使哈利有一种根基感,他能够"踏及地面",并"在白色的沙土和灰烬上留下一个脚印"(Scott, 1999：7)。更为重要的是,歌声还能使哈利与原住民祖先取得精神上的关联,从他的歌声中能够"听到许多只脚踏出的声音,听到无数心脏强有力的跳动声"(Scott, 1999：7)。由此可见,因受到白人社会同化而只能在空中飘浮的原住民混血儿通过咏唱可以承继原住民的文化传统,从而回到代表文化根基的地面上来,而哈利在白色沙土和灰烬上留下的脚印则象征着原住民混血儿在白人社会里的抗争。这里的歌声不仅使哈利能够回归原住民社会,使他产生归属感,还成为原住民混血儿一代传承文化的重要手段。

在原住民主体和原住民家园相互建构的过程中,原住民与自然和土地之间保持着平等的契约关系,梦幻信仰中的规约律法使原住民能够与自然万物和谐共处。在小说《卡奔塔利亚湾》中,普利科布什原住民的"内部知识"指引他们与创世虹蛇和原住民神灵之间订下"盟约",它"可以渗透一切"(Wright, 2006a：11),成为原住民宇宙观的核心意象,从中衍生出许多对自然界现象和动植物行为的解释。原住民神灵可以化身为包括苍蝇、青蛙、树叶、影子、海浪、风、火在内的各种生物和自然现象,时刻庇佑着普利科布什人,并成为他们的精神导师和智慧源泉。在危机时刻,原住民祖先的神灵会引导各种力量启动契约,来保护原住民。在风暴来临,诺姆和他的孙子巴拉失去联络的危急时刻,是整个原住民幽灵部落引导他驾着船驶向巴拉被困的地方;当莫吉·菲什曼的护卫队想从矿山人手里救下威尔·凡特姆时,他们放的火得到了风的助力;不论多么恶劣的天气,诺姆·凡特姆和威尔·凡特姆父子在海上航行时总能安全渡过。

即使是小说《心中的明天》里受到白人文化同化的原住民混血儿,也热爱着自己的家园,想方设法与土地和族人保持着密切的联系。范尼·本昂为了原住民部族的生存,主动与"白人"森迪·梅森①组成家庭,为了后代能够得到白人社会的认可,他们为自己的孩子哈莉爱特和小森迪登记注册了身份。然而,范尼尽可能保持着原住民的生活习惯,她经常带着丈夫和孩子在家园的土地上狩猎和采集食物,晚上他们则生起篝火,围在一起分享故事。即使是与白人警官霍尔夫妇一起生活的凯瑟琳,也会趁他们不注意时到哈莉爱特姨妈家里帮助照顾孩子们。凯瑟琳对原住民文化也并非一无所知,当她与霍尔警官夫妇和欧内斯特一起野游时,看到遍地美丽的野花,她"把长着钟形花冠的栝勒蒲花指给他们看,但是她知道最明智的做法是不要提及它有着甜丝丝的根茎,可以挖掘出来,一边咏唱,一边食用"(Scott,1999:76)。像凯瑟琳一样的原住民混血儿有着无比坚忍的性格,尽管从表面上只能遵从澳大利亚社会的同化政策,却并没有像那些宣扬种族优胜论的社会达尔文主义者所期待的那样,放弃抗争和文化传承。

几部小说中的原住民角色都与孕育自己部族文化的土地和自然环境之间保持着和谐亲密的关系。在原住民的宇宙观中,自然界的万物以及风、雨、雷、火之类的自然现象都与他们从祖先那里世代传承下来的梦幻信仰息息相关。原住民与家园的景观产生了认同关系,因为这

---

① 森迪·百楠,即老森迪,在哈利祖父的档案资料中被定义为白人,是早期欧洲捕鲸人的后代。但是,范尼(后来由杰克舅舅转述)从原住民长辈那里得知,老森迪实际上也是原住民混血儿。或者以哈利祖父的标准来判断,他才是原住民家族的第一个白人。

些景观滋养孕育了他们的祖先,对后代形成了无法言说的深刻影响。原住民作家卢卡申科指出,"对于深受传统影响的原住民而言,离开自己的家园就意味着在精神上、感情上和身体上时刻处于危险之中……因为赋予生命以意义的故事……蕴含于自然景观所表达的语言里。"(2006b:27)由土地和自然景观组成的家园被赋予了主体意识,原住民主体与原住民家园之间相互建构,体现了一种主体间性,二者通过原住民梦幻信仰维持着平等和谐的契约关系。

4.3　白人主体与原住民主体的相互建构

在 1788 年英国人在澳大利亚建立殖民地之前,原住民社会具备完整的价值体系和道德标准,属于马西娅·朗顿所说的第一种原住民身份。尽管原住民社会在族群内部存在权威和依附关系,各个部族之间却是相对独立自主的,在交往时保持着一种平衡和对称关系(Rose,1992:44)。在小说《潘姆嵬》中,潘姆嵬所属的欧拉部族以及周边的其他部族都有各自独立的规则体系,部族之间的语言也各具特色,并不统一。各个部族内部的大事都是由男性长者通过协商来决定,各部族之间会通过互派使者的方式保持联系和交往,并在食物富足的季节举行部族间的大型集会,便于年轻人结识,为部族间的通婚做好准备。小说中由原住民长辈讲述的故事"雅娜达之谜"是原住民社会道德标准和伦理观的完美诠释,它所蕴含的原住民社会规约律法,也是部族领袖潘姆嵬所恪守的原则。

大英帝国将澳大利亚变为殖民地之后,原住民的身份在与白人社会交往的过程中得以重新塑造,原住民社会原来的单一部族文化也杂糅了其他部族和欧洲人的文化,向着多中心、多维度的方向发展。小说中的原住民领袖潘姆嵬能够熟练运用英语及其他部族的语言,并能够将西方文化挪为己用。他意识到原住民与欧洲人相比力量悬殊,便与从殖民地逃出来的爱尔兰裔流放犯人以及其他受到英国军队压迫的民族结成同盟,共同抗击殖民者的军队,他们的阵营中欢迎任何遭到殖民地军队凌虐到原住民部落寻求庇护的个人和群体。潘姆嵬与同盟军之间相互协作,相互包容,原住民主体和白人主体相互建构。潘姆嵬为一位爱尔兰流放犯人肖恩·麦克多诺(Sean McDonough)举行了正式的入族仪式,接纳他为自己的兄弟,并为其改名为贾瑞维。贾瑞维不只与潘姆嵬并肩战斗,抗击英国军队,还与原住民女子那吉尔演绎了一段浪漫的爱情故事,尽管最后被英国士兵抓获并杀害,却留下了与那吉尔的爱情结晶布拉尤。布拉尤作为第一代原住民混血儿,"受到新神灵的庇佑,它源自两方土地"(Willmot,1987:152),代表着西方文化和原住民文化的完美融合。他既从母亲那吉尔那里传承了原住民文化,也因体内的欧洲人血统而对天花病毒产生免疫力,更能适应社会环境的变化。原住民复杂多变的身份尤其体现在 1990 年代以后出版的两部原住民小说《心中的明天》和《卡奔塔利亚湾》之中。

　　白人社会用血统对原住民进行分类,这种本质主义的定义"带有刻板的价值取向标准",通过区分非原住民和原住民,赋予他们一定的特权或对他们进行惩戒,因而所有的原住民都希望摆脱这种定义的限制,不愿意被视为堕落的醉鬼,或被剥夺基本的经济、社会、公民和政治权利,因而"他们只能在公开场合放弃自己的原住民身份"(Dodson,1994:7-8)。这一定义具有意识形态力量,切断了原住民混血儿与原住民社会的联系,使原住民文化传承面临着危机。在《心中的明天》里,原住民混血儿的人格遭到了严重的扭曲,既得不到白人社会的认可,也因不能传承原住民文化而丧失了民族自尊,找不到归属感。托普茜在白人丈夫欧内斯特那只碎裂的镜子中只能看到自己"斑驳不全"的形象,她的人格变得碎片化,身上作为原住民主体的自我意识逐渐丧失,最终成为白人社会中的"隐身人"(Scott,1999:161)。

　　为了对抗将原住民形象本质化的定义政治(politics of definition),逆写帝国殖民历史,斯科特借用镜子的意象唤起原住民混血儿的主体意识。主人公哈利得知自己的原住民渊源之后,在镜子中看到了"不断变化的自我",先是夕阳映照下有着"褐色皮肤、尊贵神态、完美身姿"的远古祖先,继而变成"低头弯腰""满面愁云""拎着酒瓶"的样子,接着又变成足球运动员、拳击手、乡村和西洋乐手,继而变成被丢弃在荒野中身体已经腐烂的原住民男孩。这些镜中的形象"最后全部汇集在一起",它们"相互推挤,重叠起来,变成了镜中的自己"(Scott, 1999: 12)。这些形象的交叠不仅体现了原住民社会在欧洲文化冲击下发生的变化,也表现出以哈利为代表的原住民混血儿希望在原住民社会中寻求身份认同,传承原住民传统。拉康(1977)的镜像理论认为,婴儿通过观察镜中的形象认识到自己与母亲及周围的其他实体是分离的,从而产生一种自我意识。这里的镜子成为哈利观察审视自己和寻求认同的一种手段,他从镜中看到不同历史时期、不同境遇的原住民形象,意味着他作为原住民主体的自我意识开始苏醒,来自不同时空的原住民形象相互交叠体现了将过去、现在和未来视为一体的原住民宇宙观,这是对殖民历史线性叙事的一种否定和挑战,也体现了原住民主体之间跨越时空形成的主体间性。原住民混血儿的杂糅身份是白人主体和原住民主体相互建构的最佳例证。

这种身份的相互建构还表现为白人和原住民角色跨越种族界限所建立的友谊和心灵上的契合。尽管在小说《卡奔塔利亚湾》中,德斯珀伦斯镇的白人被置于原住民自主世界的边缘,但是白人伊莱亚斯·史密斯却是个例外。他虽然长着黄头发、白皮肤,却与普利科布什的原住民有着许多共通之处,他对大海了如指掌,夜晚喜欢独自观察星空。他和诺姆·凡特姆之间建立了深厚的友谊,并带威尔·凡特姆一起出海,帮助威尔"驯化他孩提时代的灵魂"(Wright, 2006a: 163),成为威尔的导师。伊莱亚斯得到了原住民社会的认可,他的故事甚至"与梦幻时代的故事一起"被载入原住民的记忆,成为原住民文化的一部分,并代代传承下去(Wright, 2006a: 54)。也就是说,原住民并非拒绝与白人社会交往,而是强调这种交往需要尊重原住民社会的律法,以原住民宇宙观为价值判断标准。

然而,在《卡奔塔利亚湾》中,德斯珀伦斯镇和矿山上的白人却无视原住民部族的律法,谋杀了伊莱亚斯,并把他的尸体放到原住民的圣湖中企图嫁祸给他们。诺姆在暴风雨中护送伊莱亚斯的尸体及灵魂返回大海深处,这次航行也是他自我反思和自我剖析的精神旅程。在航程中,诺姆与伊莱亚斯的灵魂进行交谈,并从中得到了慰藉和启发,开始反思与妻子安杰尔、儿子威尔的关系，逐渐意识到自身的问题，从中寻求与妻子和儿子和解的途径，也改变了最初与米德奈特为首的东部原住民部族势不两立的想法，体现了现代原住民社会的泛原住民联合（pan-Aboriginal unity）意识。诺姆作为"一个对生活丧失信心的无知老人"（Wright，2006a：307），在伊莱亚斯的指引下，重燃对未来的希望并救出了自己的孙子巴拉。这位拒绝和解的原住民族长最后通过自我反思也开始转变，他带着东、西部族融合的结晶——自己的孙子巴拉一起积极地计划重建原住民的新家园。在小说末尾，祖孙相互依偎走向未来家园的图景象征着原住民文化的过去和未来的承继与延续。

在《树叶裙》中，女主人公埃伦与原住民孩子之间虽然语言不通，却能够和谐相处。埃伦清晨在丛林中散步时迷了路，两个原住民女孩儿找到她后三人一起返回部族的路上有一处下坡，埃伦的脚无意间被一根藤蔓绊住，"像马车上掉下的口袋一样滚了下去"。两个孩子也模仿她跌倒的样子，蜷作一团滚到了山下，"三个人都躺在那里哈哈大笑"，"阳光下两个小巧黝黑的身躯和已经变黑的皮包骨头的她融为一体"（P. White，1976：257）。此时的埃伦觉得"这些小孩子本来应该是她的"，她感到"心满意足，希望这一切永恒不变"（P. White，1976：257）。埃伦感到口渴走向湖边时，善解人意的原住民小姑娘把她带到灌木丛掩盖的泉水边。喝着清甜的泉水，埃伦对小姑娘说，"你是我唯一的朋友"，"小姑娘笑了起来，露出两个酒窝"，还"抓住埃伦伸出的手，按了一下，但动作极为小心"（P. White，1976：286）。尽管埃伦只在原住民部落生活了几个月的时间，无法通过语言与原住民小姑娘达到更深层次的交流，此时的肢体语言却胜过千言万语，人与人之间的关系变得天然单纯，种族、权力、地位和阶级差别已经显得微不足道。这种心灵上的沟通在原住民主体与白人主体之间形成一处主体间性空间，通过相互认可、包容和协商，求得和谐共处。这种主体间性在流放犯杰克·常斯的身上体现得更为深刻。他不堪忍受看管士兵的酷刑，从殖民地逃入了原住民生活的丛林之中，并与原住民部族达成了一种共识。他了解原住民的生活习性，并在长时间的共同生活中学会了基本的原住民语言，融入了原住民的部族生活。当女主人公埃伦在科罗波里舞会上初次见到他时,已经几乎辨认不出他的白人身份,连他说出的英语都模糊难辨、结结巴巴。尽管在埃伦的劝说下,杰克曾经决定与她一起逃出丛林回到殖民地的白人社会,但是在他们历尽艰辛到达丛林边缘,看到所谓"文明"社会的那一刻,却又改变心意,再次返回到丛林之中。曾遭受酷刑折磨的杰克·常斯对白人社会已经失去了信心,对于他而言,原住民生活的丛林远比白人社会更能给他以安全感,成为他最终选择的归宿。

在《忆巴比伦》中,作者马洛夫借助身份可塑的孩子形象来实现原住民主体和白人主体之间的相互建构,探讨在族际交往过程中建立良性主体间性的途径。小说的主人公盖米刚刚流落到原住民居住地时只是一个十几岁的孩子,世界观并没有完全定型,经过 16 年的部族生活,他熟练掌握了原住民语言,生活习惯和思维方式也完全融入了原住民社会,但儿时的记忆又不时浮现在脑海里,令他无法切断与白人社会的联系。作者马洛夫还把与盖米初次相遇的定居地的居民从历史原型中的成年人改成三个农家的孩子,他寄希望于这些在澳大利亚大陆上长大的具有可塑性的年轻一代,在与这里的土地和环境建立起深厚情感的同时,能够最终消除对原住民的偏见,跨越种族的障碍,为民族和解搭建起一座桥梁。盖米的身份具有明显的跨疆界性,将原住民与非原住民两个世界连接在一起,这是对意识形态领域白人身份特权的一种自我审视和反思。① 经过与盖米朝夕相处,珍妮特开始以一种全新的视角看待自然界的生物。在观察哈钦斯夫人家的蜜蜂巢穴时,她看到了"另一种生命,完全独立于人类的世界,但是却有组织,有目标,有许许多多复杂的仪式"。当珍妮特无意间走进蜜蜂的势力范围,身上瞬间被密密麻麻的蜜蜂覆盖时,她并没有惊慌失措。她一动不动地站在那里,屏住呼吸,"让自己完全臣服"。她的脑海中只剩下蜜蜂世界的嗡嗡声,一种"崭新的独立的思想"从中诞生。她完全融入了蜜蜂的世界,并感到这个世界接纳了自己,正在为她举行神圣的仪式(Malouf,1993:142)。这种境界就是布雷迪所说的"阈限状态",是"个体或群体与正常

---

① 关于白人身份在意识形态领域表现出的文化特权,可参见 Dyer(1997),Frankenburg (1993)及 Hage(1998)。

的社会结构暂时分离一段时间的含混的神圣的社会状态"，"为新的价值观形成提供了机会"(1994b：98)。珍妮特跳出了定居地农民狭隘的思维范式，不论是对蜜蜂的独立世界还是对原住民社会，都表现出包容和敬畏之心。在盖米看来，珍妮特身上有一种令人无法理解的神秘力量，她的注视"坦诚而柔和"，盖米从中看不到任何威胁，这使他内心深处产生"一种宁静感，一种温柔的轻松感受"，他觉得自己"不是暴露在她的目光下，而是暴露在自己面前"(Malouf，1993：36)。从目光相接中，珍妮特和盖米之间产生了一种默契。阿什克罗夫特指出，"孩子的形象原本是帝国主义的发明，用来代表易于教育和改进的殖民主体"，而在小说《忆巴比伦》中却"变成了轨迹完全不同的寓言主体"，"一种变幻莫测的力量"，"成为体现差异和反殖民可能的场域"(2001：53)。

　　在小说《神秘的河流》中，汤姆·布莱克伍德是白人定居者中努力与居住在霍克斯布里河沿岸的达鲁格部族原住民达成妥协并能和平共处的代表人物。他初次与原住民相见时，用卑微的态度和自己的帽子换来了对方的认可。他尊重原住民社会的规约，了解土地对原住民的重要性，并不像桑希尔和其他殖民地白人那样不顾及原住民的感受，一味地占有和开垦土地。他曾经用"索取一点儿，回报一点儿"(Grenville，2005：104,109,149)的格言多次劝说桑希尔要取舍适度，并且向桑希尔解释被他当作杂草拔掉的雏菊根茎是原住民重要的食物来源。他学会了原住民的语言，并且与一个原住民女人共同生活，还养育了几个混血孩子。在他与原住民女人建立的家园上，"没有成堆枯死的树木来标示文明与野蛮之间的界限"，"开垦的土地和森林在同一片土地上并存"(Grenville，2005：206)。这片土地是白人主体和原住民主体在相互协商和理解的基础上创建的一处主体间性空间，这处关照原住民情感的乌托邦之地折射了当代倡导多元文化共存的澳大利亚政策和社会现实。布莱克伍德身上体现出一种动态的多层次的跨疆界性，是从内部对殖民历史叙事中白人身份霸权的一种反思和否定。

　　自我只有在与他者的接触中才能感受到自身的局限性，而要超越自身的局限就要通过不断的学习来重新体验自身。原住民学者艾琳·莫尔顿-罗宾森指出，不论黑人还是白人，对"他者"的认知都是受限的，

"这种局限性影响着主体间的关系和权力的实施","要想了解原住民世界的社会结构必须依靠自己从内部的亲身经历"(2000：185)。白人主体和原住民主体在交往中不断通过协商和对话进行身份建构,使话语中白人主体的霸权地位得以消解,原住民主体的自主意识不断增强。

4.4 小　结

"原住民的定义不是封闭的",他们文化身份的确立主要遵循"两条特色鲜明却又相互关联的轨迹"(Dodson，1994：5)。一方面,他们驳斥基于"其他民族的形象和投射"为原住民划定身份的"定义政治";另一方面,他们也强调原住民需要从多个角度重新界定自己的身份。也就是说,原住民既强调民族自主和文化根基,反对以欧洲文化价值观为核心的主流叙事用脸谱化形象对原住民进行本质化的解读,同时,在与白人社会交往的过程中,他们的身份也变得越来越复杂,原住民社会构成呈现出多元、多中心的发展趋势,对原住民身份的诠释与自我表达也在主体间的对话和协商中不断发生变化。

巴赫金指出,即使在"权威"或专制的文化符号场域中,也存在着对话协商的空间,占支配地位的群体可以倾听并理解不同的声音,不同声音汇集起来才能产生意义,"文字在感知世界时通过新的'内在形式'可能孕育出新的世界观"(1981[1935]：360)。这几部小说有着共同的寓意,那就是白人主体只有放下居高临下的姿态,认可并尊重原住民社会的规约律法和文化传统,了解原住民与土地和自然所达成的默契关系,才能够与原住民主体共同建构一处对话式的主体间性空间。

加西亚·马尔克斯曾经说过,我们生命中的故事不是我们所经历的样子,而是我们记忆中的样子,是我们记住了什么,用什么方式重新讲述那段记忆并解读我们的经历。当代澳大利亚推行多元文化政策的大背景,与左翼史学家借助原住民口述传统修正殖民历史的主张相呼应,这几部文学作品借助想象呈现了复调式的历史叙述,对澳大利亚民族-国家身份建构起到了重要作用。

第5章
结论：争议历史的寓言式解读

在倡导多元文化主义政策的当代澳大利亚，原住民的权益问题一直是历史书写中最为敏感的那根神经。1788 年英国在澳大利亚大陆建立殖民地之初，将这里看作是"无主之地"，白人以居高临下的姿态对新大陆进行的"文明开拓"，对于视土地为家园的原住民来说，则是苦难的开端。由于政府对原住民推行同化政策，原住民社会的规约被西方社会的法律所取代，多个原住民部族的语言走向消亡，原住民混血儿被迫与原住民亲人分离，成为"被偷走的一代"。然而，在澳大利亚的官方历史叙事中，原住民的声音却被抹杀了，出现了斯坦纳（Stanner，1969）所说的"澳大利亚大沉默"。

本雅明（Benjamin）为唯物主义史学家提出了一个任务，就是回溯被统治阶级主流历史故意遗忘的人类历史，"同历史保持一种格格不入的关系"（"brush history against the grain"（1973：259）。20 世纪 50 年代以来，澳大利亚的左翼史学家以原住民的口述历史为参照，重新修撰了殖民时期的历史，突出原住民文化在民族-国家身份建构中的作用。本书所选的六部小说深受左翼史学家的影响，从不同的视角，借助不同的叙事手法诠释了澳大利亚原住民和白人的关系，从情节构建到叙事策略都关照了原住民寻求自我表达的身份政治问题，借助寓言表征真理，揭示救赎，力求在叙事中平衡政治与审美的关系。寓言具有二律背反的特性，既是常规的书写方式，又是表达神圣意义的方式。在寓言中，常规世界的"任何人、任何物体、任何关系都可以绝对指别的东西"，而且在意指其他事物时,"都衍生自一种力量,使它们似乎不再与鄙俗的事物相称,把它们提到较高的层面,事实上,也可以把它们变成神圣的东西"(本雅明,2001:143-144)。

　　三部非原住民作家的小说《树叶裙》《忆巴比伦》和《神秘的河流》借助文学想象对原住民和白人殖民接触时期的历史事件进行了重新阐释,以反思官方历史和主流叙事中的白人身份话语霸权,揭示其意识形态建构本质为主线,突出了原住民在澳大利亚民族-国家身份构成中的重要地位,与历史学界的"黑臂章"史观形成了呼应。小说叙事都围绕着欧洲白人殖民者和澳大利亚原住民之间"初次接触"的历史原点展开,体现了欧洲白人在国家身份认同问题上存在的一种无法摆脱的原住民情结,表达了欧洲移居者在澳大利亚大陆上借助本土的原住民文化寻求身份认同和归属感的心路历程。由于受到原住民主张自我表达、反对代言的身份政治问题的影响,三部小说的叙事都避免进入原住民角色的意识和内心世界,并对殖民文本中的白人身份霸权进行反思和解构。

　　怀特的小说《树叶裙》打破了文明与野蛮的二元对立状态,女主人公埃伦只有远离所谓的文明理性社会,在原住民部族里经历重重磨难,才能得到精神救赎。小说寓示着原住民文化是澳大利亚构建民族-国家身份不可或缺的因素,澳大利亚作为一个新兴的主权国家,要脱离宗主国文化,彰显自己的民族-国家身份,就要从这块大陆密不可分的原住民文化中汲取营养和灵感。小说《忆巴比伦》借助主人公盖米身份中的不确定因素来思考欧洲殖民者与澳大利亚原住民之间达成和解的可能性,将盖米的混杂身份作为连接原住民社会和白人社会的纽带,盖米离开白人社会回归原住民部族的抉择则是欧洲移居者在澳大利亚寻求文化归属和身份认同的一种隐喻。小说《神秘的河流》通过主人公的双重视角反思殖民历史,使基于西方文明价值体系的殖民者立场和具有独立意识的原住民视角得到复调式的展现。这种分裂人格体现了当代澳大利亚与历史的对话,是白人主体对殖民者立场的反思和批判。三位主人公通过与原住民社会的近距离接触,认识到白人视角在理解原住民文化方面受到以欧洲为中心的西方文明进步观的限制,因而肯定原住民的信仰和价值观,强调其在澳大利亚民族-国家身份建构中的地位。

哈米什·达利（Hamish Dalley，2014：11）将这种后殖民的历史审美学称为"寓言式现实主义"，小说中的元素"在抽象和单一的指涉物之间来回穿梭"，在对过去解读时产生一种不断波动的指称过程，它可导致"时间性的断裂"，与查克拉巴蒂（Charkrabarty，2000：16）所说的后殖民主义历史意识相呼应，即"时间不是整体的，而是与自身脱离的"。澳大利亚历史小说借助文学寓言，为不同视角的历史叙事提供了表达空间。在这三部非原住民作家的小说文本中，有一条非常清晰的反思殖民历史叙事中白人身份霸权的脉络，作家们通过重新阐释殖民接触时期的历史事件，探讨了白人与原住民交往的另一种可能性，体现了倡导多元文化主义政策的当代澳大利亚与殖民接触时期的不同时空之间形成的交叠与互动，其对白人身份的反思与左翼史学家主张从原住民视角重新修撰历史叙事的观点相互呼应。

尽管三部小说对殖民叙事中的白人身份霸权都进行了反思，叙事中受限的白人视角无法充分地阐释原住民文化，依然与国家奠基神话中的白人归属形成了共谋。只有为原住民提供充分地自我表达空间，使原住民社会成为叙事的中心，才能真正体现出原住民文化在澳大利亚民族-国家身份建构中的地位，这也正是本文作者选取三部原住民作家的小说进行对比研究的原因。

与非原住民小说完全不同的是，原住民小说并不遵循西方历史的线性叙事结构，他们的口述传统中没有历史的原点，过去、现在和未来的时空是交叠互动的，叙事在多维度、多中心的原住民社会展开，这种具有实验性的叙事风格与他们要表达的"原住民身份"更加契合，拒绝白人视角对原住民身份的本质化解读方式，在澳大利亚的国家奠基叙事中形成了一股反叙事力量。《潘姆鬼》通过口述传统传承下来的"雅娜达之谜"完美地诠释了原住民社会的价值观和原住民文化的丰富内涵。原住民视角、原住民词语与殖民者的视角和标准英语并置在小说叙事中，质疑了官方历史中将原住民视为野蛮人或抹杀原住民存在的白人视角和判断标准。《心中的明天》则以半自传的形式将原住民长辈口述的家族历史与殖民时期的历史档案并置于文本中，并借助讽喻、空间叙事、元叙事、超现实主义等多种手段对官方历史的线性叙事结构发起了挑战,质疑以文明进步为价值判断标准的种族优胜论。《卡奔塔利亚湾》也带有强烈的超现实主义色彩,通过多维度多中心的叙事将原住民的信仰、与土地的密切关联、原住民的文化传承等问题一一呈现出来,堪称一部恢宏的原住民史诗。

尽管三部原住民小说聚焦于不同历史时期的原住民社会状况,但是都强调原住民身份的变通性,提倡原住民通过挪借西方文化在白人社会中求取生存空间,并与原住民宇宙观相融合,建构独立于主流叙事之外的原住民历史。在小说文本中,从共时角度,原住民主体之间的接触表现为原住民社会部族内部及部族之间基于梦幻法则的相互交往;从历时角度,则通过原住民文化的世代传承来实现。原住民文化传承与官方历史叙事形成对抗,歌咏故事、长辈记忆、岩洞壁画、彩绘技艺以及其他文化传承形式不仅将过去、现在和未来的原住民社会连为一体,还可以不断地进行更新,代表着原住民社会适应变化的能力。大卫·劳埃德(David Lloyd,1991:88)指出,只有通过"解读历史的可能性,并描绘出除主流社会构造之外的多种选择",才能重建"被官方文化排斥在外"的"庶民历史"。在六部小说中,并置的殖民叙事和原住民口述历史在小说中产生了文本张力,改变并丰富了人们对原住民文化和历史的理解,为打破"澳大利亚大沉默"提供了文学思考和路径。

从对六部小说的解析可以看出,在澳大利亚的文化语境中,白人身份和原住民身份并非二元对立的本质主义概念,而是在协商和对话之中不断得到重新界定。虽然原住民作家和非原住民作家的小说对原住民身份的诠释角度和方式有很大的不同,文本之间却存在着一定的互动关系。在以原住民文化为核心的主体间性空间里,原住民主体与白人主体通过表达与自我表达相互认可,相互建构。原住民宇宙观和原住民口述传统都为澳大利亚文化增添了历史的厚重感,为文学创作提供了不朽的素材。对殖民历史的反思与批判已经融入了当代澳大利亚小说的传统之中,文学作为叙事场上演着精彩纷呈的澳大利亚故事。在更为广泛的世界文学范围内,这些小说作品与其他原住民文化形成呼应,成为世界文学创作舞台上一道亮丽的风景线。

参考文献

[1] ALDEA E. Magical realism and Deleuze: The indiscernibility of difference in postcolonial literature [M]. London: Continuum International Publishing Group, 2011.

[2] ALLEN T W. The invention of the white race, vol. 1 [M]. London: Verso, 1994.

[3] ANDERSEN C. Critical indigenous studies: From difference to density [J]. Cultural Studies Review, 2009,15(2): 80 - 100.

[4] ANDERSON B. Imagined communities: Reflections on the origin and spread of nationalism, rev ed [M]. London: Verso, 1991.

[5] ARMELLINO P. Australia re-mapped and con-texted in Kim Scott's Benang [C]// COLLINGWOOD-WHITTICK S. The pain of unbelonging: Alienation and identity in Australasian literature. New York, NY: Rodopi, 2007: 15 - 36.

[6] ASHCROFT B, GRIFFITHS G, TIFFIN H. The empire writes back, 2nd ed [C]. London: Routledge, 1989.

[7] ASHCROFT B, GRIFFITHS G, TIFFIN H. The post-colonial studies reader [C]. London: Routledge, 1995.

[8] ASHCROFT B. The rhizome of post-colonial discourse [C]// LUCKHURST R, MARKS P. Literature and the contemporary: Fictions and theories of the present. Pearson Education Inc,

1999.

[9] ASHCROFT B. On post-colonial futures: Transformations of colonial culture [M]. London & New York: Continuum, 2001.

[10] ASHCROFT B, DEVLIN-GLASS F, MCCREDDEN L. Intimate horizons: The post-colonial sacred in Australian literature [M]. Adelaide: ATF Press, 2009.

[11] ASHCROFT B. Australian transnation [J]. Southerly, 2011,71 (1), Modern mobilities: Australian-transnational writing: 18 - 40.

[12] ASHCROFT B. Beyond the nation: Australian literature as world literature [C]// DIXON R, ROONEY B. Scenes of reading: Is Australian literature a world literature?. Melbourne: Australian Scholarly Publishing Pty Ltd, 2013: 34 - 46.

[13] ATKINS K. Self and subjectivity [M]. Oxford: Blackwell Publishing Ltd, 2005.

[14] ATTWOOD B, ARNOLD J. Power, knowledge and Aborigines [C]. Melbourne, Vic. : La Trobe University Press, 1992.

[15] ATTWOOD B. In the age of Mabo: History, Aborigines and Australia [C]. St. Leonards, N.S.W. : Allen & Unwin, 1996a.

[16] ATTWOOD B. Mabo, Australia and the end of history [C]// Attwood B. In the age of Mabo: History, Aborigines and Australia. St. Leonards, N.S.W. : Allen & Unwin, 1996b: 100 - 116.

[17] ATTWOOD B, FOSTER S G. Frontier conflict: the Australian experience [C]. Canberra: National Museum of Australia, 2003.

[18] ATTWOOD B. Telling the truth about Aboriginal history [M]. Crows Nest, NSW: Allen & Unwin, 2005.

[19] AUROUSSEAU M. The identity of Voss [J]. Meanjin, 1958,17 (1): 85 - 87.

[20] BAKHTIN M M. The Dialogic imagination: Four essays [M].

HOLQUIST M, ed. EMERSON C, HOLQUIST M, trans. Austin & London: University of Texas Press, 1981[1935] .

[21] BALDWIN J. On being 'white'... and other lies [C]// ROEDIGER D R. Black on white: Black writers on what it means to be white. New York: Schocken, 1998.

[22] BARKER K. Vitalist nationalism, the white Aborigine and evolving national identity [C]// PONS X. Departures: How Australia reinvents itself. Carlton South, Vic.: Melbourne University Press, 2002: 105 - 111.

[23] BENJAMIN W. Theses on the philosophy of history [C]// ARENDT H. Illuminations. ZOHN H, trans. London: Fontana Press, 1973.

[24] BENTERRAK K, MUECKE S, ROE P. Reading the country: An introduction to nomadology [C]. Fremantle, W. A: Fremantle Arts Centre Press 1984.

[25] BERNDT C H. Traditional Aboriginal oral literature [C]// DAVIS J, HODGE B. Aboriginal writing today: Papers from the First National Conference of Aboriginal Writers. Canberra: Australian Institute of Aboriginal Studies, 1985: 91 - 103.

[26] BESTON J B. David Unaipon: The first Aboriginal writer (1873 - 1967)[J]. Southerly, 1979,39(3): 334 - 350.

[27] BHABHA H K. DissemiNation: Time, narrative, and the margins of the modern nation [C]// Nation and narration. London & New York: Routledge, 1990a: 291 - 322.

[28] BHABHA H K. Nation and narration [C]. London & New York: Routledge, 1990b.

[29] BHABHA H K. The location of culture [M]. New York: Routledge, 1994.

[30] BHABHA H K. Culture's in-between [C]// HALL S, du GAY P, Questions of cultural identity. London: SAGE Publications,

1996：53 - 60.

[31] BHATTACHARYA D. Worlding options：Conflation of personal and physical space in Patrick White's novels [J]. Rupkatha Journal on Interdisciplinary Studies in Humanities, 2015,7(3)：118 - 128.

[32] BIRCH T. 'Nothing Has Changed'：The making and unmaking of Koori culture [J]. Meanjin, 1992,51(2)：229 - 246.

[33] BIRCH T. 'Real Aborigines'：Colonial attempts to reimagine and recreate the identities of Aboriginal people [J]. Ulitarra, 1993, 4：13 - 21.

[34] BIRCH T. History is never bloodless：Getting it wrong after one hundred years of federation [J]. Australian Historical Studies, special issue, 33(118)：42 - 53.

[35] BOEHMER E. Colonial and postcolonial literature：Migrant metaphors [M]. Oxford & New York：Oxford University Press, 1995.

[36] BOGUE R. Deleuze on literature [M]. London and New York：Routledge, 2003.

[37] BOLTON G C. Morrill, James (1824 - 1865)[C]// Australian dictionary of biography, vol. 2. Melbourne：Melbourne University Press, 1967.

[38] BONYHADY T, GRIFFITHS T. Words for country：Landscape & language in Australia [C]. Sydney：University of New South Wales Press, 2002.

[39] BRADY V. Reading Aboriginal writing [J]. Westerly, 1994a, 39 (2)：41 - 53.

[40] BRADY V. Redefining frontiers—'Race', colonizers and the colonized [J]. Antipodes：A North American Journal of Australian Literature, 1994b,8(2)：93 - 100.

[41] BRAIDOTTI R. The ethics of becoming-imperceptible [C]//

BOUNDAS C V. Deleuze and Philosophy. Edinburgh University Press, 2006: 133 - 159.

[42] BRANTLINGER P. 'Black Armband' versus 'White Blindfold' history in Australia [J]. Victorian Studies, 2004,46(4): 655 - 674.

[43] BRENNAN T. The national longing for form [C]// BHABHA H K. Nation and narration, London & New York: Routledge, 1990: 44 - 70.

[44] BREWSTER A. Literary formations: Post-colonialism, nationalism, globalism [M]. Carlton South, Vic.: Melbourne University Press, 1995.

[45] BREWSTER A. Indigenous sovereignty and the crisis of whiteness in Alexis Wright's Carpentaria [J]. Australian Literary Studies, 2010,25(4): 85 - 100.

[46] BREWSTER A. Giving this country a memory: Contemporary Aboriginal voices of Australia [C]. Amherst, New York: Cambria Press, 2015.

[47] BRITTAN A. B-b-British objects: Possession, naming, and translation in David Malouf's Remembering Babylon [J]. PMLA, 2002,117(5): 1158 - 1171.

[48] BROOME R. Historians, Aborigines and Australia: Writing the national past [C]// Atwood B. In the age of Mabo: History, Aborigines and Australia. St Leonards, NSW: Allen and Unwin, 1996: 54 - 72.

[49] BUDURLEAN A. Otherness in the novels of Patrick White [M]. Frankfurt am Main: Peter Lang GmbH, 2009.

[50] BUTLER J. Bodies that matter: On the discursive limits of "sex" [M]. New York: Routledge, 1993.

[51] BUTLER J, SPIVAK G C. Who sings the nation-state?: Language, politics, belonging [M]. London: Seagull Books,

2007.

[52] BYRD J A. The transit of empire: Indigenous critiques of colonialism [M]. Minneapolis, MN: University of Minnesota Press, 2011.

[53] CALLAHAN D. Contemporary issues in Australian literatur [M]. London: Frank Cass, 2002.

[54] CARTER D. Critics, writers, intellectuals: Australian literature and its criticism [C]// Webby E. The Cambridge companion to Australian literature. Cambridge: Cambridge University Press, 2000: 258 – 293.

[55] CARTER D, WANG G. Modern Australian criticism and theory [C]. Qingdao: China Ocean University Press, 2010.

[56] CHAKRABARTY D. Provincializing Europe: Postcolonial thought and historical difference [M]. Princeton, N. J.: Princeton University Press, 2000.

[57] CHRISMAN L. Postcolonial contraventions: Cultural readings of race, imperialism and transnationalism [M]. Manchester: University of Manchester Press, 2003.

[58] CLARK M. Writing history in Australia [J]. Historical Studies, 1975,16(64): 425 – 434.

[59] CLARK M. A history of Australia, 6 vols [M]. Melbourne: Melbourne University Press, 1962 – 1987.

[60] CLIFFORD J. Indigenous articulations [J]. The contemporary Pacific, 2001,13(2): 467 – 490.

[61] COLLINGWOOD-WHITTICK S. The pain of unbelonging: Alienation and identity in Australasian literature [C]. New York, NY: Rodopi, 2007.

[62] COLLINGWOOD-WHITTICK S. Discursive manipulations of names and naming in Kate Grenville's The secret river [J]. Commonwealth Essays and Studies, 2013,36(1): 9 – 20.

[63] COLLINS E. Poison in the flour [J]. Meanjin, 2006,65(1): 38 - 47.

[64] COLLINS F. Historical fiction and the allegorical truth of colonial violence in the proposition [J]. Cultural Studies Review, 2008, 14(1): 55 - 71.

[65] COPJEC J. Supposing the subject [C]. London: Verso, 1994.

[66] COWLISHAW G. Racial positioning, privilege and public debate [C]// MORETON-ROBINSON A. Whitening race: Essays in social and cultural criticism. Canberra: Aboriginal Studies Press, 2004: 59 - 74.

[67] CROSBY A W. Ecological imperialism: The biological expansion of Europe, 900 - 1900 [M]. Cambridge: Cambridge University Press, 2004.

[68] CULLER J. Anderson and the novel [J]. Diacritics, 1999, 29 (4): 20 - 39.

[69] CURTIS J. The shipwreck of the Stirling Castle [M]. London: George Virtue, Ivy Lane, 1838.

[70] DALLEY H. The Postcolonial historical novel: Realism, allegory, and the representation of contested pasts [M]. New York: Palgrave Macmillan, 2014.

[71] DARK E. The timeless land [M]. Pymble, NSW: HarperCollins Publishers Australia, 1941.

[72] DAVIS, Jack & Bob HODGE, 1985, Aboriginal writing today: Papers from the First National Conference of Aboriginal Writer [C]. Canberra: Australian Institute of Aboriginal Studies.

[73] DAVIS J, MUECKE S, NAROGIN M, SHOEMAKER A. Paperbark: A collection of black Australian writings [C]. St Lucia: University of Queensland Press, 1990.

[74] DAVISON G, HIRST J, MACINTYRE S. The Oxford companion to Australian history, revised version [C]. Oxford: Oxford University Press, 2001.

[75] De CERTEAU M. Heterologies: Discourse on the Other, MASSUMI B, trans. Minneapolis: University of Minnesota Press, 1986.

[76] DELEUZE G. Foucault [M]. HAND S trans. Minneapolis, London: University of Minnesota Press, 1986.

[77] DELEUZE G, GUATTARI F. Kafka: Toward a minor literature [M]. POLAN D, trans. Minneapolis, London: University of Minnesota Press, 1975.

[78] DELEUZE G, GUATTARI F. A thousand plateaus: Capitalism and schizophrenia. MASSUMI B, Trans.. Minneapolis, London: University of Minnesota Press, 1987.

[79] DELEUZE G, GUATTARI F, BRINKLEY R. What is a minor literature? [J]. Mississippi Review, 1983,11(3): 13 - 33.

[80] DERRIDA J. Margins of philosophy [M]. BASS A, trans. Chicago: University of Chicago Press, 1982.

[81] DEVLIN - GLASS F. A politics of the dreamtime: Destructive and regenerative rainbows in Alexis Wright's Carpentaria [J]. Australian Literary Studies, 2008,23(4): 392 - 407.

[82] DIRLIK A. The postcolonial aura: Third World criticism in the age of global capitalism [J]. Critical Inquiry, 1994, 20 (2): 328 - 356.

[83] DIXON R, Rooney B. Scenes of reading: Is Australian literature a world literature? [C] Melbourne: Australian Scholarly Publishing Pty Ltd, 2013.

[84] DODSON M. The Wentworth lecture—The end in the beginning: Re(de) fining Aboriginality [J]. Australian Aboriginal Studies, 1994,1: 2 - 13.

[85] DU BOIS, W E B. Darkwater [C]// ROEDIGER D R. Black on white: Black writers on what it means to be white. New York: Schocken, 1998.

[86] DUKES P. Fictory or Faction? [J]. History Today, 1999,49
(9): 24-26.

[87] DURING S. The cultural studies reader [C]. London and New
York: Routledge, 1993.

[88] DURING S. Patrick White [M]. Melbourne: Oxford University
Press, 1996.

[89] DYER R. White [M]. London: Routledge, 1997.

[90] EDELSON P F. Australian literature: An anthology of writing
from the land down under [C]. New York: Ballantine Books,
1993.

[91] ELLIOTT B. The Jindyworobaks [M]. St Lucia: University of
Queensland Press, 1979.

[92] EVANS R. Across the Queensland frontier [C]// ATTWOOD B,
FOSTER S G. Frontier conflict: the Australian experience.
Canberra: National Museum of Australia, 2003: 63-75.

[93] FEIERMAN S. Colonizers, scholars, and the creation of invisible
histories [C]// Bonnell V E, Hunt L. Beyond the cultural turn:
New directions in the study of society and culture. Berkeley:
University of California Press, 1999: 182-216.

[94] FOLEY F. A blast from the past [J]. The Olive Pink Society
Bulletin, 1995,7(1/2): 4-8.

[95] FOUCAULT M. Afterword: The Subject and Power [C]//
DREYFUS H L, RABINOW P. Michel Foucault: Beyond
structuralism and hermeneutics. Chicago: University of Chicago
Press, 1982.

[96] FRANKENBERG R. White women, race matters: The social
construction of whiteness [M]. London: Routledge, 1993.

[97] FRANKENBERG R. Displacing whiteness: Essays in social and
cultural criticism [C]. Durham: Duke University Press, 1997.

[98] GADAMER H. Subjectivity and intersubjectivity, subject and

person [C]// Continental philosophy review 33. Netherlands: Kluwer Academic Publishers, 2000: 275 - 287.

[99] GATES H L. Race, writing and difference [C]. Chicago: Chicago University Press, 1986.

[100] GELDER K, SALZMAN P. The new diversity: Australian fiction 1970 - 88 [M]. Melbourne: McPhee Gribble Publishers, 1989.

[101] GELDER K, SALZMAN P. After the celebration: Australian fiction 1989 - 2007 [M]. Melbourne: Melbourne University Press, 2009.

[102] GELDER K. Thirty years on: Reading the country and indigenous homeliness [J]. Australian Humanities Review, 2015,58: 17 - 27.

[103] GILBERT K. Living black [C]. Melbourne: Allen Lane, 1977.

[104] GILBERT K. Inside black Australia [C]. Melbourne: Penguin, 1988.

[105] GILROY P. The black Atlantic: Modernity and double consciousness [M]. London: Verso, 1993.

[106] GOLDIE T. Fear and temptation: The image of the indigene in Canadian, Australian and New Zealand literatures [M]. Kingston, Ont. : McGill-Queen's University Press, 1989.

[107] GOLDSWORTHY K. Fiction from 1900 to 1970 [C]// WEBBY E. The Cambridge companion to Australian literature. Cambridge: Cambridge University Press, 2000: 105 - 133.

[108] GOODWIN K. A history of Australian literature [M]. New York: St. Martin's Press, 1986.

[109] GREEN N. Chasing an identity: An Aboriginal perspective on Aboriginality [C]// REED-GILBERT K. The strength of us as woman: Black women speak. Canberra: Ginninderra Press, 2000: 47 - 53.

[110] GRENVILLE K. The secret river [M]. Melbourne: Text Publishing, 2005.

[111] GRENVILLE K. Searching for the secret river [M]. Melbourne: Text Publishing, 2006.

[112] GRIFFITHS M. Need I repeat? Settler colonial biopolitics and postcolonial iterability in Kim Scott's Benang [C]// O'REILLY N. Postcolonial issues in Australia, Amherst, NY: Cambria Press, 2010: 157 - 183.

[113] GROSSBERG L. Identity and cultural studies: Is that all there is? [C]// HALL S, du GAY. Questions of cultural identity. London: SAGE Publications, 1996: 87 - 107.

[114] GROSSMAN M. Blacklines: Contemporary critical writing by indigenous Australians [C]. Carlton, Vic.: Melbourne University Press, 2003.

[115] GUNEW S. Denaturalizing cultural nationalisms: Multicultural readings of 'Australia' [C]// BHABHA K. Nation and narration. London & New York: Routledge, 1990: 99 - 120.

[116] GUNEW S. The home of language: A pedagogy of the stammer [C]// AHMED S, CASTADA C, FORTIER A M, SHELLER M. Uprootings/Regroundings: Questions of home and migration. London: Berg, 2003.

[117] HAGE G. White nation: Fantasies of white supremacy in a multicultural society [M]. Sydney: Pluto Press, 1998.

[118] HAGE G. Polluting memories: Migration and colonial responsibility in Australia [C]// MORRIS M, de BARY B. 'Race' panic and the memory of migration. Hong Kong: Hong Kong University Press, 2001: 323 - 362.

[119] HALL D E. Subjectivity [M]. London: Routledge, 2004.

[120] HALL S. Introduction: Who needs 'identity'? [C]// HALL S, du GAY P. Questions of cultural identity. London: SAGE

Publications, 1996.

[121] HALL S, du GAY P. Questions of cultural identity [M]. London: SAGE Publications, 1996.

[122] HAMILTON P. The knife edge: Debates about memory and history [C]// DARIAN-SMITH K, Hamilton P. Memory and history in twentieth-century Australia. Melbourne: Oxford University Press, 1994: 9 - 32.

[123] HEALY J J. Literature and the Aborigine in Australia, 2nd ed [M]. St Lucia: University of Queensland Press, 1989.

[124] HEISS A. Dhuuluu-Yala = To talk straight: Publishing indigenous literature [M] Canberra: Aboriginal Studies Press, 2003.

[125] HEISS A, MINTER P. Macquarie PEN anthology of Aboriginal literature [C]. Sydney: Allen & Unwin, 2008.

[126] HERBERT X. Capricornia [M], Sydney: Angus & Robertson, 1938.

[127] HODGE B, MISHRA V. Dark side of the dream: Australian literature and the postcolonial mind [M]. Sydney: Allen & Unwin, 1991.

[128] HOKOWHITU B. Indigenous existentialism and the body [J]. Cultural Studies Review, 2009,15(2): 101 - 118.

[129] HUANG Y. Globalizaiton and counter-globalization: Australian studies in China [C]// Palmer C, TOPLISS I. Globalizing Australia. Melbourne: A Meridian Book, 2000.

[130] HUGGAN G. Australian literature: Postcolonialism, racism, transnationalism [M]. Oxford: Oxford University Press, 2007.

[131] HUGGINS J. Sister Girl: The writings of Aboriginal activist and historian Jackie Huggins [M]. St. Lucia, Qld: University of Queensland Press, 1998.

[132] HUGGINS J, HUGGINS R, JACOBS J M. Kooramindanjie:

Place and the postcolonial", History Workshop Journal, 1995, 39: 164 – 181.

[133] HUGHES R. The fatal shore: A history of the transportation of convicts to Australia, 1787 – 1868 [M]. London: Collins Harvill, 1986.

[134] HUTCHEON L. A poetics of postmodernism: History, theory, fiction [M]. New York: Routledge, 1988.

[135] HUTCHEON L. Circling the downspout of empire [C]// ASHCROFT B, GRIFFITHS G, Helen T. The post-colonial studies reader. London & New York: Routledge, 1995.

[136] INGRAM P. Racializing Babylon: Settler whiteness and the 'New Racism' [J]. New Literary History, 2001,32(1): 157 – 176.

[137] JOHNSON A. Portrayals of indigeneity in Australian historical novels (1989 – 2009): New portrayals of indigeneity in Australian historical novels [J]. International Journal of the Humanities, 2011,9(5): 149 – 161.

[138] JOHNSON C T. Wild cat falling [M]. Sydney: Angus & Robertson, 1965.

[139] JOHNSON C T. Writing from the fringe: A study of modern Aboriginal literature [M]. Melbourne: Hyland House, 1990.

[140] JOHNSON C T. The Indigenous literature of Australia [M]. Melbourne: Hyland House, 1997.

[141] JONES J. Ambivalence, absence and loss in David Malouf's Remembering Babylon [J]. Australian Literary Studies, 2009, 24(2): 69 – 82.

[142] JOSE N. Macquarie PEN anthology of Australian literature [C]. Sydney: Allen & Unwin, 2009.

[143] KENEALLY T. The chant of Jimmie Blacksmith [M]. Sydney: Angus & Robertson, 1972.

[144] KING N. Memory, narrative, identity: Remembering the self [M]. Edinburgh: Edinburg University Press, 2000.

[145] KINNANE G. Mutable identity and the postmodern [J]. Meanjin, 1998,57(2): 405 - 417.

[146] KINNANE G. Remembering Babylon and the use of history [J]. Agora, 2001,36(4): 7 - 12.

[147] KOLIG E. A sense of history and the reconstitution of cosmology in Australian Aboriginal society: The case of myth versus history", Anthropos, 1995,90(1/3): 49 - 67.

[148] KOSSEW S. Voicing the great Australian silence?: Kate Grenville's narrative of settlement in The secret river [J]. The Journal of Commonwealth Literature, 2007,42(7): 7 - 18.

[149] KRISTEVA J. Powers of horror: An Essay on abjection [M]. ROUDIEZ L S, trans. New York: Columbia University Press, 1982.

[150] KRISTEVA J. Revolution in poetic language [M]. WALLER M, trans. New York: Columbia University Press, 1984.

[151] KURTZER S. Wandering girl: Who defines "Authenticity" in Aboriginal literature? [J]. Southerly, 1998,58(2): 20 - 29.

[152] LACAN J. The mirror stage as formative of the function of the I as revealed in psychoanalytic experience [C]//Écrits: A selection, SHERIDAN A, trans. London: Tavistock, 1977: 1 - 7.

[153] LANGTON M. 'Well, I heard it on the radio and I saw it on the television ...': An essay for the Australian Film Commission on the politics and aesthetics of filmmaking by and about Aboriginal people and things [M]. Sydney: Australian Film Commission, 1993.

[154] LANGTON M. Anthropology, politics and the changing world of Aboriginal Australians [J]. Anthropological Forum: A Journal of

Social Anthropology and Comparative Sociology, 2011, 21（1）: 1 - 22.

[155] LEONARD P. Nationality between poststructuralism and postcolonial theory: A new cosmopolitanism [M]. New York, NY: Palgrave Macmillan, 2005.

[156] LEVI-STRAUSS C. Race and history [M]. Paris: UNESCO, 1952.

[157] LEVI-STRAUSS C. The savage mind [M]. Chicago: University of Chicago Press, 1966.

[158] LITTLE L, LITTLE T. The Mudrooroo dilemma [J]. Westerly, 1996, 41（3）: 5 - 8.

[159] LLOYD D. Race under representation [J]. Oxford Literary Review, 1991, 13（1/2）: 62 - 94.

[160] LÓPEZ A J. Postcolonial whiteness: A critical reader on race and empire [C]. Albany: State University of New York Press, 2005.

[161] LORDE A. Sister, outsider: Essays and speeches, freedom [M]. Calif.: Crossing Press, 1984.

[162] LUCASHENKO M. Many prisons [J]. Hecate, 2002, 28（1）: 139 - 144.

[163] LUCASHENKO M. Country: Being and belonging on Aboriginal lands [J]. Journal of Australian Studies, 2006a, 86: 9 - 12.

[164] LUCASHENKO M. Not quite white in the head [J]. Manoa, 2006b, 18（2）: 23 - 31.

[165] LUKACS G. The historical novel [M]. London: Merlin Press, 1962.

[166] MACFARLANE I, HANNAH M. Transgressions: Critical Australian Indigenous Histories [C]. Acton, A. C. T.: ANU E Press, 2007.

[167] MACFIE A L. Orientalism [M]. London, New York: Pearson

Education, 2002.

[168] MACINTYRE S, CLARK A. The history wars [M]. Carlton, Vic.: Melbourne University Press, 2003.

[169] MADDISON S. Beyond white guilt: The real challenge for black-white relations in Australia [M]. Crows Nest, N. S. W.: Allen and Unwin, 2011.

[170] MADDISON S. Postcolonial guilt and national identity: Historical injustice and the Australian settler state [J]. Social Identities, 2012,18(6): 695 - 709.

[171] MALOUF F. Remembering Babylon [M]. Sydney: Random House, 1993.

[172] MANSFIELD N. Subjectivity: Theories of self from Freud to Haraway [M]. Sydney: Allen & Unwin, 2000.

[173] MARTIN R J, MEAD P, TRIGGER D. The politics of indigeneity, identity and representation in literature from North Australia's gulf country [J]. Social Identities, 2014,20(4/5): 330 - 345.

[174] MARTIN S K. Review of Witnessing the past: History and post-colonialism in Australian historical novels, by Sigrun Meinig [J]. Australian Literary Studies, 2008,23(4).

[175] MCKENNA M. After Manning Clark: A biographer's postscript [J]. Meanjin, 2013,72(2): 84 - 94.

[176] MCKEON M. Theory of the novel: A historical approach [C]. Baltimore & London: The Johns Hopkins University Press, 2000.

[177] MOORE N. Review of Authority and influence: Australian literary criticism 1950 - 2000, edited by Delys Bird, Robert Dixon, and Christopher Lee [J]. Australian Literary Studies, 2000,20(3).

[178] MORETON-ROBINSON A. Witnessing whiteness in the wake of

Wik [J]. Social Alternatives, 1998,17(2): 11 - 14.

[179] MORETON-ROBINSON A. Talkin' up to the white woman: Aboriginal women and feminism [M]. St Lucia: University of Queensland Press, 2000.

[180] MORETON-ROBINSON A. Tiddas talkin' up to the white woman: When Huggins et al. took on Bell [C]// GROSSMAN M. Blacklines: Contemporary critical writing by indigenous Australians. Carlton, Vic. : Melbourne University Press, 2003.

[181] MORETON-ROBINSON A. Whitening race: Essays in social and cultural Criticism [C]. Canberra: Aboriginal Studies Press, 2004.

[182] MORETON-ROBINSON A. Sovereign subjects [C]. St Leonards: Allen & Unwin, 2007.

[183] MORETON-ROBINSON A. Imagining the good indigenous citizen: Race war and the pathology of patriarchal white sovereignty [J]. Cultural Studies Review, 2009a, 15(2): 61 - 79.

[184] MORETON-ROBINSON A. Introduction: Critical indigenous Theory [J]. Cultural Studies Review, 2009b,15(2): 11 - 12.

[185] MORRISON T. Playing in the dark: Whiteness and the literary imagination [M]. Cambridge: Harvard University Press, 1992.

[186] MUECKE S. Body, inscription, epistemology: Knowing Aboriginal texts [C]// NELSON E S. Essays on black literatures: Connections. Canberra: Aboriginal Studies Press, 1988: 41 - 52.

[187] MUECKE S. Textual spaces: Aboriginality and cultural studies, rev ed [M]. Perth, W. A. : API Network, Australian Research Institute, Curtin University of Technology, 2005.

[188] MULGAN R. Citizenship and legitimacy in post-colonial Australia [C]// PETERSON N, SANDERS W. Citizenship and

indigenous Australians: Changing conceptions and possibilities. Melbourne: Cambridge University Press, 1998.

[189] NAROGIN M [JOHNSON C T]. Writing from the fringe: A study of modern Aboriginal literature [M]. Melbourne: Hyland House, 1990.

[190] NEAL L. The Black Arts Movement [C]// ADDISON Jr G. The Black aesthetic. New York: Anchor Books, Doubleday & Co. Inc, 1971.

[191] NELSON E S. Connections: Essays on black literatures [C]. Canberra: Aboriginal Studies Press, 1988.

[192] NEVILLE A O. Australia's colored minority: Its place in the community [M]. Sydney: Currawong, 1947.

[193] NILE R, ENSOR J. The novel, the implicated reader and Australian literary cultures, 1950 – 2008 [C]// PIERCE P. The Cambridge history of Australian literature. Cambridge: Cambridge University Press, 2009: 517 – 548.

[194] PETERS-LITTLE F, CURTHOYS A, DOCKER J. Passionate histories: Myth, memory and indigenous Australia [C]. Canberra: ANU E Press and Aboriginal History Inc, 2010.

[195] PETERSON N, SANDERS W. Citizenship and indigenous Australians: Changing conceptions and possibilities [M]. Melbourne: Cambridge University Press, 1998.

[196] PIERCE P. The Cambridge history of Australian literature [C]. Cambridge: Cambridge University Press, 2009.

[197] PINTO S. Emotional histories and historical emotions: Looking at the past in historical novels [J]. Rethinking History, 2010, 14(2): 189 – 207.

[198] PONS X. Departures: How Australia reinvents itself [M]. Carlton South, Vic. : Melbourne University Press, 2002.

[199] PRICHARD K S. Coonardoo: The well in the shadow [M].

Angus & Robertson, 2002. [first published in 1929 by Jonathan Cape, England]

[200] PROBYN-RAPSEY F. Complicity, critique and methodology [J]. Ariel, 2007a, 38(2/3): 65 – 82.

[201] PROBYN-RAPSEY F. Paternalism and complicity: Or how not to atone for the 'Sins of the Father' [J]. Australian Literary Studies, 2007b,23(1): 92 – 103.

[202] PROBYN-RAPSEY F. Complicity, critique, and methodology [C]// CARTER D, WANG G. Modern Australian criticism and theory. Qingdao: China Ocean University Press, 2010: 218 – 228.

[203] PYBUS C. Not a nation, but a community of thieves [J]. Island Magazine, 1988,34/35: 108 – 112.

[204] RAVENSCROFT A. Dreaming of others: Carpentaria and its critics [J]. Cultural Studies Review, 2010,16(2): 194 – 224.

[205] RAVENSCROFT A. The postcolonial eye: White Australian desire and the visual field of race [M]. Surrey, England: Ashgate Publishing Limited, 2012.

[206] READ P. Belonging: Australians, place and Aboriginal ownership [M]. Cambridge: Cambridge University Press, 2000.

[207] REED-GILBERT K. The strength of us as woman: Black women speak [C]. Canberra: Ginninderra Press, 2000.

[208] REYNOLDS H. The other side of the frontier: Aboriginal resistance to the European invasion of Australia [M]. Ringwood, Victoria: Penguin Books Australia Ltd, 1981.

[209] REYNOLDS H. The breaking of the great Australian silence: Aborigines in Australian historiography 1955 – 1983 [M]. London: University of London, Australian Studies Centre, 1984.

[210] REYNOLDS H. The law of the land [M]. Ringwood, Victoria: Penguin Books Australia Ltd, 1987.

[211] REYNOLDS H. Forgotten war [M]. Sydney, N. S. W.: New South Publishing, 2013.

[212] RIGGS D W. Understanding history as a rhetorical strategy: Constructions of truth and objectivity in debates over Windschuttle's fabrication [J]. Journal of Australian Studies, 2004,82: 37 - 48,178 - 180.

[213] ROBIN L. How a continent created a nation [M]. Sydney: UNSW Press, 2007.

[214] ROEDIGER D R. The wages of whiteness: Race and the making of the American working class [M]. London & New York: Verso, 1991.

[215] ROEDIGER D R. Black on white: Black writers on what it means to be white [M]. New York: Schocken, 1998.

[216] ROSE D B. Exploring an Aboriginal land ethic [J]. Meanjin, 1988,47: 378 - 387.

[217] ROSE D B. Hidden histories: Black stories from Victoria River Downs, Humbert River and Wave Hill Stations [M]. Canberra: Aboriginal Studies Press, 1991.

[218] ROSE D B. Dingo makes us human: Life and land in an Aboriginal Australian culture [M]. Cambridge: Cambridge University Press, 1992.

[219] ROSE D B. Reflections on ecologies for the twenty-first century [C]// WILLIAMS N M, BAINES G. Traditional ecological knowledge: Wisdom for sustainable development. Canberra: Centre for Resource and Environmental Studies, Australian National University, 1993: 115 - 118.

[220] ROSE D B. Nourishing terrains: Australian Aboriginal views of landscape and wilderness [M]. Canberra: Australian Heritage

Commission, 1996.

[221] ROSE D B. Oral histories and knowledge [C]// ATTWOOD B, Foster S G. Frontier conflict: the Australian experience. Canberra: National Museum of Australia, 2003: 120 - 131.

[222] ROSE D B. Dreaming ecology: Beyond the between [J]. Religion & Literature, 2008,40(1): 109 - 122.

[223] RUSSO K E. Practices of proximity: the appropriation of English in Australian indigenous literature [M]. Newcastle upon Tyne: Cambridge Scholars Publishing, 2010.

[224] SABBIONI J, SCHAFFER K, SMITH S. Indigenous Australian voices: A reader [C]. New Brunswick: Rutgers University Press, 1998.

[225] SAID E W. The world, the text, and the critic [M]. London: Faber and Faber Limited, 1984.

[226] SARDAR Z. Foreword to the 2008 edition [M]// FANON F. Black Skin, White Masks. London: Pluto, 2008: vi - xx.

[227] SARTRE J, MACCOMBIE J. The black Orpheus [J]. The Massachusetts Review, 1964/1965,6(1): 13 - 52.

[228] SCHAFFER K. In the wake of first contact: The Eliza Fraser stories [M]. Cambridge: Cambridge University Press, 1995.

[229] SCOTT K. Benang: From the heart [M]. Fremantle: Fremantle Arts Centre Press, 1999.

[230] SCOTT K. Foreword [C]// HEISS A. Dhuuluu-Yala = To talk straight: Publishing indigenous literature. Canberra: Aboriginal Studies Press, 2003: i - iv.

[231] SHARRAD P. Which world, and why do we worry about it? [C]// DIXON R, BRIGID R. Scenes of reading: Is Australian literature a world literature? Melbourne: Australian Scholarly Publishing Pty Ltd, 2013: 16 - 33.

[232] SHEKHAR S. History and fiction: A postmodernist approach to

the novels of Salman Rushdie, Shashi Tharoor, Khushwant Singh, Mukul Kesavan [M]. New Delhi: Prestige, 2004.

[233] SHOEMAKER A. Black words, white page: Aboriginal literature, 1929 – 1988 [M]. St. Lucia: University of Queensland Press, 1989.

[234] SHOHAT E. Notes on the 'post-colonial' [J]. Social Text, 1992,31/32: 99 – 113.

[235] SPIVAK G C. A critique of postcolonial reason: Toward a history of the vanishing present [M]. Cambridge, MA and London: Harvard University Press, 1999.

[236] STANNER W. E. H. After the dreaming [M]. Sydney: Australian Broadcasting Commission, 1969.

[237] STANNER W. E. H. White man got no dreaming: Essays, 1938 – 1973 [M]. Canberra: Australian National University Press, 1979.

[238] STEYN M. 'White talk': White South Africans and the management of diasporic whiteness [C]// LÓPEZ A J. Postcolonial whiteness: A critical reader on race and empire. Albany: State University of New York Press, 2005: 119 – 135.

[239] STRATTON J. Race daze: Australia in identity crisis [M]. Sydney: Pluto Press, 1998.

[240] TREES K, NYOONGAH M. Postcolonialism: Yet another colonial strategy? [J]. Span, 1993,1(36): 264 – 265.

[241] UNAIPON D. Narroondarie's wives [C]// DAVIS J, MUECKE S, NAROGIN M, SHOEMAKER A. Paperbark: A collection of black Australian writings. St Lucia: University of Queensland Press, 1990: 19 – 32.

[242] UNAIPON D. Legendary tales of the Australian Aborigines [C]// MUECKE S, SHOEMAKER A. Carlton, Vic: Melbourne University Press, 2001.

[243] Van den BERG R. Intellectual property rights for Aboriginal people [C]// REED-GILBERT K. The strength of us as women: Black women speak. Canberra: Ginninderra Press, 2000.

[244] VANDEN DRISSEN C. Writing the nation: Patrick White and the indigene [M]. Amsterdam: Rodopi, 2009.

[245] Van TOORN P. Indigenous texts and narratives [C]// Webby E. The Cambridge companion to Australian literature. Cambridge: Cambridge University Press, 2000: 19 - 49.

[246] Van TOORN P. Writing never arrives naked: Early Aboriginal cultures of writing in Australia [M]. Canberra: Aboriginal Studies Press, 2006.

[247] WALKER D. Anxious nation: Australia and the rise of Asia [M]. St. Lucia, Qld. : University of Queensland Press, 1999.

[248] WANG G. A hard-won success: Australian literary studies in China [J]. Antipodes, 2011,25(1): 51 - 57.

[249] WANG L. Australian literature in China [J]. Southerly, 60(3): 118 - 133.

[250] WEBBY E. The Cambridge companion to Australian literature [C]. Cambridge: Cambridge University Press, 2000.

[251] WEVERS L. Re-presenting Otherness: Mapping the colonial 'Self,' Mapping the indigenous 'Other' in the literatures of Australia and New Zealand [J]. Australian Literary Studies, 2006,22(3): 397 - 399.

[252] WHEATLEY N. Black and white writing: The issues [J]. Australian Author, 1994,26(3): 20 - 23.

[253] WHITE H. Metahistory: The historical imagination in nineteenth-century Europe [M]. Baltimore: Johns Hopkins University Press, 1973.

[254] WHITE H. The historical text as literary artifact [J]. Clio,

1974,3(3)：277－303.

[255] WHITE H. The content of the form [M]. Baltimore：John Hopkins University Press，1987.

[256] WHITE H. Afterword [C]// Bonnell V E，HUNT L. Beyond the cultural turn：New directions in the study of society and culture. Berkeley：Univeristy of California Press，1999：315－324.

[257] WHITE P. Voss [M]. London：Eyre & Spottiswoode，1957.

[258] WHITE P. Riders in the chariot [M]. London：Eyre & Spottiswoode，1961.

[259] WHITE P. A fringe of leaves [M]. London：Jonathan Cape，1976.

[260] WILLMOT E. Pemulwuy：The rainbow warrior [M]. McMahons Point，NSW：Weldons Pty Ltd，1987.

[261] WINDSCHUTTLE K. The fabrication of Aboriginal history：Vol. 1，Van Diemen's Land [M]. Sydney：Macleay Press，2002.

[262] WRIGHT A. A family document [C]// Halligan M. Storykeepers. Sydney：Duffy & Snellgrove，2001：223－240.

[263] WRIGHT A. Carpentaria [M]. Sydney：Giramondo Publishing，2006a.

[264] WRIGHT A. Embracing the indigenous vision [J]. Meanjin，2006b,65(1)：104－108.

[265] XING C. The Aboriginal-white relationship in The Secret River and Carpentaria [J]. Journal of Literature and Art Studies，2015,5(11)：947－958.

[266] 巴赫金 M M. 陀思妥耶夫斯基诗学问题[M]. 白春仁，顾亚玲，译. 北京：生活·读书·新知三联书店,1988.

[267] 巴赫金 M M. 小说理论[M]. 白春仁，晓河，译. 石家庄：河北教育出版社,1998.

[268] 本雅明 W.德国悲剧的起源[M].陈永国译,北京：文化艺术出版社,2001.

[269] 本尼迪克特 A B.想象的共同体：民族主义的起源与散布[M].吴叡人,译.上海：世纪出版集团,2003.

[270] 博格 R.德勒兹论文学[M].李育霖译,台北：麦田出版社,2006.

[271] 陈永国.游牧思想——吉尔·德勒兹、费利克斯·瓜塔里读本[M].长春：吉林人民出版社,2003.

[272] 陈正发.澳大利亚土著文学创作中的政治[J].外国文学,2007,4：58-63.

[273] 德勒兹 G.哲学的客体：德勒兹读本[M].陈永国,编著.尹晶,主编.北京：北京大学出版社,2010.

[274] 怀特 H.后现代历史叙事学[M].陈永国,张万娟,译.北京：中国社会科学出版社,2003.

[275] 黄源深.澳大利亚文学史[M].上海：上海外语教育出版社,1997.

[276] 黄源深,彭青龙.澳大利亚文学简史[M].上海：上海外语教育出版社,2006.

[277] 黄源深.追踪 20 世纪澳大利亚文学[J].译林,2002,4：201-207.

[278] 刘再复,杨春时.关于文学的主体间性的对话[J].南方文坛,2002,6：14-24.

[279] 麦金泰尔 S.澳大利亚史[M].潘兴明,译.上海：东方出版中心,2009.

[280] 唐正秋.澳大利亚文学评论集[C].石家庄：河北教育出版社,1993.

[281] 严泽胜.拉康与分裂的主体[J].国外文学,2002,3：3-9.

[282] 杨永春.当代澳大利亚土著文学中的身份主题研究[M].北京：世界图书出版公司,2012.

[283] 周文.论澳大利亚历史与文学中的土著人形象[J].岁月（下半月）,2011,6：3-4.

[284] 周小进.从滞定到流动：托马斯·基尼利小说中的身份主题

[M].青岛：中国海洋大学出版社,2009.

[285] 周小进.污名、假想敌与民族身份——论托马斯·基尼利小说中的土著人形象和澳大利亚民族身份[J].当代外国文学,2005,2：94－100.

[286] 邹威华.后殖民语境中的文化表征——斯图亚特·霍尔的族裔散居文化认同理论透视[J].当代外国文学,2007,3：40－46.

索 引